O CÉU DA AMARELINHA

Carlos Eduardo Leal

O CÉU DA AMARELINHA

Rocco

Copyright © 2014 Carlos Eduardo Leal

Direitos desta edição reservados à
EDITORA ROCCO LTDA.
Av. Presidente Wilson, 231 – 8º andar
20030-021 – Rio de Janeiro, RJ
Tel.: (21) 3525-2000 – Fax: (21) 3525-2001
rocco@rocco.com.br
www.rocco.com.br

Printed in Brazil/Impresso no Brasil

preparação de originais
MARCIO PASCHOAL

CIP-Brasil. Catalogação na fonte.
Sindicato Nacional dos Editores de Livros, RJ.

L47c	Leal, Carlos Eduardo
	O céu da amarelinha / Carlos Eduardo Leal. – 1ª ed. – Rio de Janeiro: Rocco, 2014.
	ISBN 978-85-325-2941-1
	1. Romance brasileiro. I. Título.
14-13859	CDD–869.93
	CDU–821.134.3(81)-3

Para meus filhos Ana Carolina e Pedro,
que me ensinaram que
as primeiras palavras de uma criança contêm
um céu de possibilidades.

1

••• fui andar descalça nas nuvens e espetei o pé numa estrela.

Lívia estava no quintal brincando de Amarelinha – quase chegando ao céu – quando dentro de casa sua mãe deu um grito estridente chamando pelo seu nome. Não foi apenas um. Foram vários. Seguidos e repetidos, como se o mundo e ela não a pudessem escutar. Já vou, mamãe. Espera só um pouquinho. Só falta uma casa para entrar no céu.

Silêncio.

Katarina sabia que deveria ser uma boa mãe. Esforçava-se, mas não raro encolerizava até as veias do pescoço saltarem grossas a ponto de quase estourar. Então, nesse ponto perceptível da inflexão da voz de sua mãe, quando uma sonoridade esganiçada tomava proporções alarmantes, Lívia vinha solícita, pronta a atender aos caprichos maternos. Mas dessa vez, após aqueles gritos roucos, guturais, não houve a continuação deles. A menina estranhou. E, como o silêncio não era hábito naquela casa, não soube o que fazer.

O silêncio parecia gritar mais do que as palavras. Era um silêncio de dor. A dor do indizível. Ficou a um pulo de entrar no céu, numa espécie de limbo da Amarelinha. Seus pés na casa nove davam um ar de suspensão temporária dos movimentos. Um frio correu-lhe pelo corpo. Soluçou com certo medo, ainda leve, mas desnorteada. Sentia o suor escorrer-lhe pelo pescoço encardido de poeira. O silêncio prolongado era como uma nuvem fria de inverno. As palavras sempre rondaram o silêncio, agora pensava. Como se as palavras a protegessem daquele abismo. E, diante desse novo mundo, não sabia o que fazer. Ela ali, parada, olhos atentos como se pudesse escutar melhor através deles. Então era possível sugar o tempo até que se reduzisse a uma eternidade bem pequenina? Esse era o tempo do silêncio? Não. Esse era o tempo do espaço contido e fechado sobre si mesmo. Havia um cilindro de aço a lhe impossibilitar os movimentos. O silêncio era uma camisa de força, cujo significado Lívia mal podia adivinhar.

Travava-lhe de uma só vez língua, respiração e voz. Quis gritar, mas não saiu nenhum som. Tinha medo de injeção e barata, mas agora era uma sensação de medo diferente, a de não poder chamar por sua mãe. Indescritível como se a noite viesse em plena tarde. E não havia tempestade, somente um silêncio profundo, abissal. Paradoxalmente, essa era a tempestade. A calmaria absoluta. Prenúncio de tempestade? Postada na casa nove, sentia o mundo abrindo-se sob os pés. Estava tão próxima ao céu... Bastava voltar num pé, em dois, num pé, depois em dois, para finalmente jogar a pedrinha e entrar no céu. Havia riscado pela primeira vez com extrema perfeição todos os quadrados da Amarelinha. Santiago, seu pai, ficaria orgulhoso. Era sempre ele quem desenhava com esmero os quadrados até chegar a casa dez. Com uma vara de bambu guardada entre os galhos da amoreira – num cúmplice segredo – Santiago, pai amoroso e orgulhoso da filha que o amava mais e mais a cada dia, não só desenhava a Amarelinha como também pequenos bichos, sobre os quais inventava histórias engraçadas em que eles sumiam ao vento ou com uma simples vassourada. Aquele terreno enorme atrás da casa, cheio de árvores frutíferas, era um paraíso que Lívia e o pai reinventavam sempre que podiam. Entre os troncos firmes da goiabeira, no alto da copa, ele fez uma pequena casa com cinco degraus até o topo. Cercou as beiradas para proteger a filha que lá brincava com as bonecas de pano, suas preferidas.

Santiago era um pai amoroso. Aquela casa com um quintal a perder de vista, quase uma pequena chácara, foi herança dos avós paternos. Seu irmão, Otelo, havia morrido numa emboscada. Diziam que foi vingança de um marido traído. Coisa de ciúmes. Destino do nome? Otelo, ao contrário de Santiago, era mulherengo. Tanto que nunca se casara para poder "ter todas", como costumava dizer. Uma versão moderna de Don Juan, que parecia ter mesmo um saber a mais sobre as mulheres. Acenava-lhes sinceramente com um retorno ao Jardim das Delícias e a promessa tornava-se esperança. Ele fazia de seu ato transgressor uma profissão de fé, idílio infantil na raiz da sexualidade. Era só o queria delas: prometer e não cumprir. Pulava de cama em cama sem economias ou pudor. Capitalizava mulheres como quem faz um grande investimento, contabilizando-as em seu catálogo particular. Tinha seu próprio código e as dividia em classes e subclasses, sendo que algumas vinham com recomendações para ele mesmo entre parênteses: neuróticas-lindas, gordas-espaçosas (jantar e comer logo após. Muito tesão!), magras-nervosas (é melhor chamar mais uma!), gostosa-rica (cuidado com o marido!), gostosas-pobres (cuidado comigo!), safadas-com-perigo, putas-tímidas, falsas-tímidas (falsas no caráter também!), quase-sinceras, perigosa-o-suficiente-para-não-ter-a-segunda-vez (não esquecer!!!), escandinava-de-gelo (embebedá-la primeiro!), baianinha-Olodum (eu juro que não fui o primeiro), enfim, o caderno negro de Otelo era uma destas hilárias preciosidades e uma das poucas coisas que Santiago havia herdado do irmão. No silêncio da morte também repousavam aqueles nomes de inclassificáveis mulheres. Nomes mortos, mulheres sem vida para Santiago, apenas nomes sem corpo. Adjetivos incompreensíveis para quem era fiel à Katarina, sua amante, mulher e mãe de sua única filha.

Com a morte do pai, Santiago e Katarina foram morar com a mãe dele. Um ano depois, sua mãe teve um derrame e faleceu. Lívia ainda andava pelas nuvens quando isso aconteceu: só nasceria dali a três anos. A felicidade do casal que parecia abalada voltou a reinar. Lívia, muito desejada, trouxe nova luz para Santiago e Katarina. Decoraram com carinho o quarto da filha. As paredes de lilás claro, móbiles, abajur com desenhos, berço com travesseiros e luz indireta num ambiente de aconchego e proteção que bem refletia o amor entre eles.

Santiago sempre quis uma filha e a cada dia Lívia se parecia mais com ele. Não propriamente no aspecto físico, isso ela puxara Katarina, mas nos trejeitos, nos gostos, na entonação da voz. Santiago se derretia pela filha. Katarina comentava alto: "Estes dois foram feitos um para o outro. Nunca vi tamanha sintonia. Nunca brigam ou discutem." Ao que Santiago retrucava: "Querida, meu amor é só pra você, mas nossa menina é um presente dos céus." E, sorrindo, completava: "Fica com ciúmes não que de noite quando ela for dormir serei só seu." E piscavam os olhos, cúmplices no desejo.

Agora estava parada na casa nove a um passo do céu. Muda. Estancada no calor do sábado à tarde pelo grito quase selvagem de Katarina. Mais uma crise de histeria de sua mãe? A menina se equilibrava fragilmente entre atender o estranho chamado ou ir para o céu.

Santiago gostava de colocar apelidos carinhosos na filha única. Única em seu coração. Formavam uma comunhão, um carinho incomum os ligava, como se fossem feitos não como pai e filha, mas com a mesma alma, o mesmo material com o qual o sol se funde com a clorofila das plantas. Esses momentos entre pai e filha eram mágicos e de enorme cumplicidade. Bastava um simples olhar e um já sabia o que o outro queria ou estava pensando. Gostavam de ser um-para-outro. "Eu me penteio no brilho e no reflexo dos seus olhos, filhinha." Lívia ainda não entendia o peso das palavras, mas ria com o pai brincando de se pentear diante de seus olhos arregalados e sempre atentos. Um sempre espelhava a alma do outro.

E agora ela continuava ali na casa nove, pronta para entrar no céu. Sentia-se frágil. Ninguém entrava em seu mundo. Estava dentro dessa coisa frágil que se chama bolha de sabão. Desde pequena seu mundo tem os olhos ensaboados na felicidade do pai. Quando ele não está por perto é sempre assim: espuma branca-quase-cinzenta a ser impulsionada pelo vento sem direção alguma. Mas é só seu pai chegar para ela sair da bolha de sabão e se tornar sua princesa, pois é bem assim que ele a chama.

Sabem de uma coisa? Vou correndo ao encontro de meu pai, desfeita de sustos e banhada na alegria quando ele chega do trabalho. Algumas vezes antes de ele abrir a porta, ouço os ruídos da sua chave. Estou suada de tanto brincar e ele nem liga. Aperta-me no seu colo como se eu estivesse cheirosa como após o banho. Noutras vezes, quando chega, já estou dormindo. Então ele me coloca na palma de sua mão, me sopra devagar, subo a meia altura e flutuo feliz diante de seus olhos. É assim que me acorda dos meus mais lindos sonhos de princesa. Acordo diante do pai que amo e na certeza de que me ama também. É isto que chamo de acordar feliz. Meu mundo não é só cor-de-rosa como o das outras meninas da minha idade. Dentro da bolha de sabão o mundo pode ter a cor que eu quiser e ele sempre tem muitas. Tenho a sorte de ter um pai que colore minha alma com as cores da felicidade. Ele me diz que sou seu arco-íris. Que ilumino sua vida com a beleza de minha alma infantil, embora eu não saiba exatamente o que isso de alma infantil quer dizer. Acho graça de algumas coisas que ele me diz. Então, dou risada, esfregamos um nariz no outro — adoro isso, às gargalhadas, como os esquimós — e nos entendemos assim sem saber o que eu de fato entendo. O mundo é engraçado visto daqui de baixo. O mundo é alto, muitas vezes inalcançável. Quem me diz isso é minha mãe. Mamãe é mais pessimista, acho que é este o nome para pessoas sérias demais. Ela poderia brincar comigo, como o meu pai faz quase todos os dias. Ela está sempre em casa, mas acho que prefere varrer o quintal ou fazer comida a ficar comigo. Isto é muito chato.

Papai do céu deveria fazer uma mãe para cada coisa. Uma mãe para varrer quintais, outra para dar colo, outra para sorrir e brincar, e nenhuma, mas nenhuma mesmo, para brigar. Ela sempre fala: "Criança diz cada uma..."

E eu queria dizer tanta coisa, mas ela está sempre ocupada. Papai trabalha muito, porém, quando chega, se ocupa de brincar comigo. Amarelinha, por exemplo. Foi ele que me ensinou. Hoje é sábado. Aposto que daqui a pouco ele vai vir aqui para brincar comigo. Quero fazer uma surpresa e mostrar a Amarelinha que desenhei sozinha. Ele me ensinou a chegar no céu. Quando desenha, faz um céu com sol, lua e estrelas. Gosto assim. Sei que as estrelas não aparecem de dia, mas como ele mesmo diz que sou sua estrelinha, ele salpica o chão com elas. E canta uma música com este nome: "Chão de estrelas". Eu adoro quando ele canta. Acho bonita a sua voz. Todo o céu em arco, o sol e a lua se abrigam entre duas estrelas pequenas. Papai é mágico. Ele é químico, trabalha num laboratório e consegue transformar uma cor na outra ou, o que é mais interessante, tirar as cores dos líquidos coloridos como se desse um banho nas cores até elas sumirem. Amo essa parte. Sabe fazer fumaça em tubos compridos de vidro, sabe fazer azul ficar escarlate (foi ele que me disse sobre o nome dessa cor), e cor-de-rosa virar roxo e tudo transformado em bolinhas, como bolhas de sabão. Nesses momentos, ele me coloca lá dentro e subo até as estrelas. Por causa da altura, dá um frio na barriga, mas eu adoro. Minha mãe sempre prende uma fita nos meus cabelos. Gosto de uma cor-de-rosa, mas minha preferida é uma azul bem clara. Ih, olha minha fita azul lá na casa quatro. Caiu enquanto eu pulava para a seis e nem senti. Na volta, pego. Ela era branca, foi meu

pai quem a tingiu com sua mágica das cores e é por isso que ela é a minha preferida. "Suas fitas são seus laços com as pessoas", ele disse. "Se você apertar muito, sufoca; se estiver frouxo, desamarra-se e perde-se no oceano da vida."
    Minha mãe chamou de novo. Dessa vez mais alto. Bem mais alto. Que chata. Não vê que estou aqui compenetrada tentando chegar ao céu da primeira Amarelinha que desenhei sozinha? É o meu primeiro céu. De verdade. Depois do grito, silêncio. Ainda um silêncio mais forte acompanhado de um inaudível vazio. Estou sozinha. Nunca havia me sentido assim. Agora veio um vento e jogou areia em meus olhos. Acho que vou chorar.

    "Lívia, Lívia, Lívia! Corre aqui, minha filha. Ajude sua mãe. Pelo amor de Deus. Socorro, filha!"
    Katarina gritava, chorando. Lívia abandonou a casa nove e saiu correndo com medo e vontade de fazer xixi. Entrou em casa e, antes mesmo de chegar ao banheiro, passando pela soleira da porta da cozinha, viu seu pai caído no chão e sua mãe debruçada sobre ele, chorando.
    "Pai! Pai? Paizinho? O que houve com ele, mamãe? Manhê tô com medo. Quero fazer xixi." E o xixi já escorria por entre suas pernas e molhava a bermuda de Santiago, que continuava imóvel. "Santiago, meu amor. Fale comigo! Por favor, querido não vá me deixar agora." "Mãe, por que papai não fala com a gente?" "Merda, minha filha, o

papai tá morrendo..." Foi quando Lívia pensou: "Será que ele vai para o céu? Era eu que ia entrar lá..."

O pai morrendo e as duas chorando. Melhor seria dizer: desesperadas no desamparo que as acometia. O pai sempre morrendo a caminho do hospital. As duas sempre desesperadas dentro da ambulância. Céu era o que não havia. A sirene abre caminhos, mas não salva vidas. Foi o infeliz do enfermeiro que disse isto. Era um rapaz com roupa branca e justa que dava pinta. Ele sorria para Lívia e ela arregalava os olhos. A mãe nada dizia. Lívia cantou "bolinha de sabão" para seu pai, a música dele feita para ela. Ela cantava com nó na garganta. Era a estreia de um nó que ela não saberia desatar. Não ali. Talvez nunca mais. Era um nó numa bolha de sabão, imperceptível a olhos duros e insensíveis, para quem não partilhava daquela imensa cumplicidade. Katarina enfiara tudo dentro de sua bolsa floral de pano. Talvez um gesto inconsciente de querer alegrar o que não havia, num gesto desesperado de fazer o que não devia. Enfiara o short amarelo com barras também floridas em Lívia. Uma camiseta branca e seu tamanco verde, croc. Foi Lívia que lembrou de ir correndo até a Amarelinha e buscar na casa quatro seu laço de fita azul pintada pelo pai. A fita ela enrolou sozinha em seu braço como uma pulseira. Queria ter amarrado no pulso de seu pai para que levasse com ele algo seu e, assim, se sentisse melhor, mas não deixaram. Ficou triste com o mesmo moço simpático, todo de branco, que agora lhe sorria dentro da ambulância. Mas Lívia não correspondia ao sorriso. Seu ar havia ficado estancado, preso na casa nove pouco antes de chegar ao céu. Seu pai não chegara a ver seu desenho da Amarelinha. Veria? Voltaria a vê-la? Os olhos vidrados, o corpo enrijecido, imóvel, sem comunicação com o mundo exterior. Foi assim que Lívia encontrou seu pai caído no chão da cozinha. Ela tão pequenina, tão miúda para descobrir a face cruel da vida, tão diminuta para entrar em contato com a ambulância que levava seu pai a um lugar desconhecido. Mas ela estava com ele, segurando-lhe uma das mãos. A ambulância sacolejou para a frente e para trás até que a porta traseira se abriu. Alguns enfermeiros vieram com outra maca. Katarina e Lívia foram conduzidas à recepção. Para que serve a burocracia numa hora dessas? Para lembrar que a vida não é só pai e marido. Carteira do plano de saúde? Mamãe, cadê o papai? Eu quero ficar com ele. Espere, minha filha. Já vai ficar. Respondia no automático sem saber se ia mesmo ou se nunca mais o veriam. Não. Isso não. Não queria contar com esse tremendo desgosto na vida delas. Espere, filhinha, que a mamãe precisa resolver isto aqui. Por que não liberam logo esta guia? Que plano de merda. A gente paga para nestas horas sermos atendidas deste jeito? Isto deveria se chamar plano de doença, porque quando temos saúde não precisamos dele. O Brasil está enfermo. Minha senhora, ande logo com isso que eu quero saber notícias do meu marido. Pronto. Pode subir. É no quarto andar. Mas a criança não pode ir. Como não? Olhe bem para ela? Você sabe quantos anos ela tem? Está abalada pelo que aconteceu com o pai. Você não tem compaixão? Pelo amor de Deus. Você acha que vou deixá-la aqui sozinha? Está bem, mas ela só pode ficar no hall do corredor. Vamos, filha. Ah, elevador de hospital não chega nunca. Vamos de escada, mãe? Que lentidão. Nunca vi coisa mais lerda. Nem ascensorista eles têm. Pronto, filha. Chegamos.

Era um corredor largo, branco como todo hospital que quer parecer limpo, sem bactérias ou doenças, corredor quase infinito com vários quartos dos dois lados e uma grande porta ao final. CTI. Era o que estava escrito. Papai está ali fazendo uns exames, filhinha. Vamos esperar aqui. Eu quero ir lá ver o papai. Não pode. Mas eu quero. Preciso muito falar com ele. Diz para mim que eu digo para ele. Não é a mesma coisa. É um segredinho só nosso. O segredo das bolas de sabão? Ele te contou? Não, nunca. Eu é que adivinhei quando via vocês fazendo bolas de sabão nos finais de semana. Depois da Amarelinha, é minha brincadeira favorita. Ué? Não era andar de balanço? Aquele que seu pai fez debaixo da casinha na árvore?

Katarina puxava conversa para ver se distraía a filha e a si própria. O que teria acontecido? Um infarto? Mas Santiago nunca tivera nada no coração, aliás, era um homem de coração bom e puro. Mas isso não impede ninguém de morrer. E não é assim que é a vida? Numa hora estamos navegando em águas tranquilas e na seguinte o mar se transforma num rio bravio com cachoeiras e pedras angulosas?

Não, quer dizer, pode. Mas é estranho mar virar rio. Em geral, não é rio que vira mar? E não é assim que é a vida, uma sucessão de estranhamentos? É também. Também o quê? Já não sei mais, filhinha.

Mãe, tá demorando muito. É verdade, filha, mas só estamos aqui há meia hora. Isso continua sendo muito. Vou perguntar àquela médica que está saindo do CTI. A senhora sabe alguma notícia de meu marido? Desculpe, o nome dele é Santiago. Santiago Constantino. Acabou de entrar. Então ainda devem estar fazendo exames de rotina. A senhora não sabe dizer nada sobre ele? É alguém importante? Para nós ele é muito importante. Ah, desculpe, não foi isso que eu quis dizer. Claro que para vocês duas ele é superimportante. Espera aí que vou voltar lá e tentar saber. Mãe, quem é ela? Por que ela pode entrar lá se nem conhece o papai? Eu quero estar com meu pai. Eu tô com saudade, mãe. Não chore, filhinha. Papai vai ficar bem. Mas, mas, mas... Assim você engasga filha. Não chore. Você também tá chorando, mãe! Estamos. O que fazer se gostamos tanto dele, né? Muito, muitão, mãe, assim ó, deste tamanho. E espichou os braços o mais longe que podia. Katarina abraçou Lívia, enxugou-lhe o choro e colocou-a em seu colo. Afinal, colo de mãe serve para isso. Onde está aquela moça, mãe, aquela que foi ver o papai? Lá vem ela. Não tenho boas notícias. Olhou interrogativa para a menina no colo da mãe. Fale logo porque nós duas vamos ter de enfrentar isso mais cedo ou mais tarde. Silêncio. Longo silêncio. Parece que a médica buscava as palavras exatas. Morreu, ele morreu? Não, mas talvez o derrame seja irreversível. Como? Derrame? Ainda estamos fazendo os exames necessários. Ainda é cedo para qualquer diagnóstico, mas como vi que estavam aflitas estou tentando tranquilizá-las. Ele sofreu um derrame cerebral e, no momento, só percebe alguns estímulos. Do pescoço para baixo está paralisado.

Era fato. Estava constatado, outro médico explicou que se tratara de um derrame de graves consequências que havia deixado o senhor Santiago Constantino tetraplégico. Mãe, o que é isso? Tretlaplégiu...Tetraplégico, corrigiu o médico. Ninguém corrige esta palavra com a doçura devida diante de uma filha que ama desesperadamente o pai. Santiago se encontrava paralisado do pescoço até os pés. Abria e fechava os olhos. Seria sua comunicação dali para frente. Movimento de pálpebras. Nada mais. Piscar uma, duas, muitas vezes. Katarina já havia visto isso num filme: *O escafandro e a borboleta*. Era um tormento. O filme, a vida.

Mãe, cadê o papai? Por que ele não vai voltar hoje com a gente pra casa? Mãe. Mãe? Manhê! Tô ouvindo, filha. Por que o papai não vem? Disseram que se tudo correr bem, ele sai do hospital daqui a uma semana. É muito, uma semana? Hoje é sábado, depois tem o domingo, segunda-feira... Ah, as explicações sobre o tempo. Sempre tão inúteis e vazias de sentido. Sim. Horas mortas. E, contudo, horas intermináveis de espera. Uma espera branca, embaçada a ponto de fazer nó na névoa. Silenciosa. Angustiante esperança.

Esperança. Noção tão terrena. Nem no céu, nem no inferno ela existe. Quando Orfeu vai ao Hades atrás de sua Eurídice, é a deusa Esperança que o acompanha. Mas ela só vai até a porta do inferno. Lá, diante de Cérbero, o cão do inferno, Orfeu lê a inscrição deixada por Dante: "Deixai aqui toda esperança, ó vós que entrais." Para os que acreditam em Deus, quando morrem, não há mais o que esperar, pois já encontraram o seu Deus.

Para Lívia e Katarina a esperança era o que as segurava diante do compasso do tempo e, igualmente, as consumia. O tempo da criança nunca é igual ao de um adulto. O tempo da espera no amor também não. O ontem já faz muito tempo e o amanhã demora uma eternidade. Lembrança presente do passado. Visão presente do presente. E, esperança presente do futuro. Lembrança, visão e esperança é o que sempre queremos, mas nunca temos. Temos um tempo fugidio. A vida é fugidia. Santiago, para as duas, estava nesse processo de lenta desaparição. Uma presença ausente, poder-se-ia dizer. Santiago era um tempo imóvel num tempo imperdoável que escorria por entre os dedos, pelos corpos sem chão. Sem céu. Santiago era o chão para as duas. Um marido solidariamente amoroso e um pai apaixonado por sua filha. Agora escorria a vida na inutilidade de uma peneira para se buscar água da fonte numa tarde de outono.

2

Katarina abriu a porta com a esperança na ponta dos dedos. Papai podia estar aqui esperando a gente, não é mãe? Paiê! Papai! Paizinho! Pare com isso, menina. Está me deixando nervosa. Lívia não quis escutá-la. Não dessa vez. Subiu correndo as escadas e foi até o quarto dos pais verificar com seus próprios olhos o que o coração não podia suportar. Mãe, o papai não está aqui! Filha, vem jantar. Não quero, não vou, quero ficar aqui com meu pai. Filha, deixa de bobagens. Daqui a pouco seu pai chega. Daqui a pouco? Modo de dizer, daqui a uma semana. Desce. Não vou, não quero comer.

Katarina subiu e encontrou a filha na cama deles em posição fetal, enroscada na camisa do pijama do pai. Beijou-lhe com ternura os cabelos e aninhou-se ao seu lado em concha. Tudo bem, filha. Vai ficar tudo bem. Puxou o lençol sobre as duas. Mas sem Santiago ali era como estarem descobertas. Um vazio, era o espaço faltante na cama que nenhuma das duas ousava preencher. Mesmo assim o sono veio. Estavam desamparadas, uma sem pai, outra sem marido, e as duas sem seus amores, enroscadas sobre um vazio impronunciável. Não se deve pronunciar o nome da morte na proximidade dela. É superstição, mas nesta hora os santos podem ser invocados e as rezas e mandingas lembradas. Ambas desamparadas. Nenhuma palavra recobre. Nenhuma palavra é suficiente para preencher um vazio daquele tamanho. Nenhuma palavra poderia alargar-se até tomar conta de todo o silêncio que gritava dentro de cada uma. Adormeceram num silêncio inquietante, ruidoso, taquicárdico e aos sobressaltos. Vez por outra, Lívia arfava um suspiro. Cabelos molhados do suor da angústia.

O telefone tocou e era do hospital. As duas acordaram no mesmo susto. Alô? Sim, é ela. Sei, sei. Tá, tá bom. Sei, estaremos aí daqui a pouco. Era o papai? Era o médico encarregado do caso dele. Quer conversar comigo. Sobre o papai? É. Ele volta hoje? Não. Eu também quero ir. Você vai. Tenho medo de ficar sozinha. Não se preocupe, filha, mamãe já disse que vai estar sempre contigo. A gente precisa tomar um banho. Vamos tomar banho juntas, tá? Eba! Adoro quando você toma banho junto. Depois vou dar o seu Nescau e o seu pão com queijo minas e mel. Posso tomar café na cama do papai? Pode, hoje pode. E beijou enternecida as bochechas da filha. Ai, você sempre puxa meus cabelos quando me seca. Desculpe, filha. Faz assim como a mamãe com a escova. Quer fazer? Não? Você está chorando? Ah, não faz este beicinho. Não chore, filha. Vamos tomar café e ficar bem bonitas para ver o papai, tá?

Tá. Cadê seu laço de fita azul de que você tanto gosta? Eu levei para o hospital... Mas eu não prendi no seu cabelo. Levei amarrado como uma pulseira. Você deu o laço que te ensinei? Não. Esqueci como se faz. Ai, meu Deus. Eu quero meu lacinho, mãe. Deve estar por aqui. Com certeza deve estar nessa bagunça. Nossa, que revolução num único dia, filha. Minha vida ficou de pernas para o ar. Que nem plantando bananeiras? É. O papai sabe plantar bananeira. Sabe, sim. Você adora ver ele fazer isso, né? É. Eu gosto muito do meu papai. Eu sei, filhinha. Me ajuda a procurar seu lacinho. Vem! Vai procurando enquanto eu faço seu lanche. Ai meu Deus, só falta ela ter perdido ontem no hospital. Nem quero ver a choradeira. Katarina na cozinha enfiava uma torrada na boca enquanto colocava numa bandeja o café da manhã de Lívia. Filha, desce para tomar o café. Silêncio. Filha! Lívia! Desce amorzinho e vem tomar o café. Não quero. Não quero nunca mais ir na cozinha. Hein? O que você falou, filha? Desce, vem tomar café aqui comigo para a gente ir logo para o hospital. A mãe não escutava. Nunca escutou direito. Era Santiago o escutador da filha. Era o pai que tinha a generosidade da escuta atenta, respeitosa. Era ele quem contava histórias e ouvia com atenção as aventuras que Lívia inventava. Sua mãe era ansiosa e os ansiosos nunca conseguem prestar atenção em nada ao seu redor de tão preocupados que estão com o tempo futuro das suas ansiedades. Pois a ansiedade é só uma questão de tempo, do que ainda está por vir. A vida por vir. Mas ela sempre vem do jeito que pode e deve vir. Não. Nem sempre vem do jeito que deve, mas do jeito que ela quer. A vida vem. E só. A vida é descontínua e feita de intervalos irregulares.

A gente vai, pouco a pouco, preenchendo seus espaços em branco com nossas incertezas, nossas delicadezas, nossas vacilações, nossas ansiedades também. A palavra generosidade precisa ser mais exercida do que dita para que possamos ter menos ansiedade em relação aos outros. Katarina não tinha. Ela sempre fora ansiosa. Lívia havia puxado ao pai. Sereno e brincalhão. Mas, agora, ela também estava ansiosa. E era a mãe a lhe gritar nos ouvidos para descer, assim como havia gritado em seus ouvidos para sair da casa nove da Amarelinha. Depois do grito rondava-lhe um silêncio estranho. Não era uma pausa na fala. Mais parecia um vazio sem bordas. Uma piscina-oceano. Nada ao que se agarrar. Ficava uma palavra-ausente que falta ou que empurra a última para o abismo. Era possível constituir-se assim na vida, no vazio de uma palavra? Uma palavra se agarra a outra que se agarra a mais outra e que, assim, puxa a fila da frase. Mas um grito? O que se agarra a um grito senão o pavor do que está por vir? A voz de Katarina era o irrepresentável no diminuto entendimento da vida de Lívia. Ainda haveria bastante o que não entender, muitos desencontros surdos naquela casa ausente da presença de Santiago. Desça, minha filha. Não! Desta vez Lívia gritou com toda a força a fim de que não só a mãe, mas toda a vizinhança escutasse. Não vou comer aí na cozinha... Katarina subiu correndo as escadas e agarrou com força a pequena menina. De súbito, a mãe entendeu o porquê de a filha não querer descer. Como se ela também quisesse evitar ter que se defrontar novamente com a cena de Santiago estirado na cozinha. Com delicadeza retirada de seu coração materno, disse-lhe, quase sussurrando, que a cozinha era o lugar onde seu pai adorava ficar e cozinhar. Ele não ia gostar de saber que a filha não queria mais voltar lá. Mas, mamãe – choramingando –, foi lá que ele estava caído e dodói. Eu sei, filhinha, mas a cozinha não era um de seus lugares preferidos? Era. E você não acha que ele ia querer te ver lá? Então, vamos? Não. Lívia exercitava aos poucos a difícil necessidade de se haver com a nova situação. Seu campo limite precisava de novas regras e ela não sabia como encarar este novo jogo da vida.

Às vezes, a razão passa longe da emoção. De um filme cult, a vida passaria, de uma hora para outra, para um medíocre filme B: sem crédito do diretor, porque pode ser qualquer um. Esses que misturam nome americano com latino. Algum Henry P. Diaz. Poucos recursos, roteiro que não se sustenta após os primeiros cinco minutos e mal dirigido.

Vai fazer xixi antes de sair, filha. Não quero. Quer sim. Você está aí se apertando nas pernas. Depois vai dar vontade no caminho do hospital. Mas eu quero chegar logo. Dá tempo. Eu te espero e o papai tá lá te esperando também. Mas ele tá sozinho sem a gente. Ele já tomou café da manhã? Ah, sim. Lá no hospital já devem ter dado café da manhã para ele. Agora vai ao banheiro que te espero aqui. Aliás, vou lá com você te ajudar. Era isso que eu queria, mamãe. Vem me ajudar a tirar o short. Você tá crescendo, daqui a pouco o short não dá mais em você. Eu já estou quase do seu tamanho? Quase, quase. Daqui a pouco você passa a mamãe e fica da altura do papai. Eba! Então eu vou ser grande, bem grande assim? Lívia espichou-se toda com os braços levantados até o céu. Vai, mas agora senta aí e faz xixi. Ai, mãe. É que seu cabelo está embaraçado, filhinha. Desculpe, tá? Mamãe precisa escovar seu cabelo para você ficar bem bonita para ver o papai. E o meu lacinho azul? Pega pra mim? Filha, eu não achei. Mas eu quero, mãe. Foi o papai que me deu. Talvez você tenha deixado no hospital. Vamos lá procurar? Eu quero ir ver o papai. E se ele perguntar pelo meu lacinho? Diz que você deixou em casa. Mas e se eu tiver perdido? Não quero mentir para o papai. Não, isso nunca, filha. Seja sempre verdadeira para ele e para você. Lívia não entendeu isso de ser verdadeira para ela mesma. Não entendeu como poderia mentir para si mesma. Não tinha, no entanto, capacidade para fazer a pergunta naquela hora visto que não precisava da resposta. E a gente só pergunta quando a resposta incomoda por não vir.

Lívia tinha um gosto todo especial para as perguntas, mas não podia ouvir as respostas. Não podia ou não queria? A dor da resposta poderia ensurdecê-la para sempre. Não tinha paciência para as respostas da mãe, mas possuía todo o tempo do mundo para ouvir o pai. Ah, do pai ela sempre esperava uma resposta que enchesse os ouvidos de sua alma com o perfume mais delicado. A voz de pai era sonora como amanhecer na floresta num dia de outono: luminosidade e sabedoria transparentes. Preenchia-a de tal maneira que poderia ficar neste estado de suspensão para toda a vida. No táxi, que levaria uma eternidade para chegar ao hospital, Lívia perguntava a todo instante se já estavam chegando ou se o pai já teria acordado. Mais uma vez a burocracia fez com que tivessem uma autorização especial para a pequena Lívia subir ao quarto andar. Ela não poderia entrar no CTI. Chorando e, muito a contragosto, ficou com uma enfermeira que, vendo o drama familiar, ofereceu-se para ficar com ela enquanto Katarina desaparecia por detrás da porta de metal prateado. Não me deixe aqui, mamãe. Eu preciso ir, filha. Mãe! Tenho medo de ficar sozinha. Não chore, mamãe já volta. O mundo parecia se congelar como se o tempo desmanchasse trazendo-lhe uma feição estranha, desconhecida. A vida lhe retirava sorrisos como a noite retira do dia o sol. Olhou no reflexo distorcido da feia porta de metal pesado e não gostou do que viu. Havia aceitado o colo da gentil enfermeira, mas desacomodava-se diante do silêncio do metal e do sepulcro de palavras não respondidas, obstáculo sem respostas. A vida estava ali, assim: dura e calada.

    A obesa e simpática enfermeira não conseguia lhe arrancar um único sorriso. Retirou da impressora um maço de papel, arranjou-lhe canetas, lápis e a convidou a desenhar. De início, Lívia recusou, mas aos poucos, enquanto o tempo da agonia ia esbravejando dentro de si, deixou-se escorregar na mesa de fórmica e rabiscou com raiva círculos de dor. Amassou alguns papéis até que parou e ficou olhando para uma folha em branco. Contou em voz alta até dez. Contou um e fez um quadrado. Contou dois e o segundo quadrado meio desengonçado anexou-se ao primeiro. Três, quatro, cinco, seis... A enfermeira, sempre ao seu lado, entendeu do que se tratava, mas fingindo-se curiosa perguntou o que era. É um jogo. Respondeu seca. Um jogo? É, não tá vendo? Não, ainda não estou. Você não entende nada de jogo de criança. Entendo sim. Eu tenho três filhos. Três? Sim. São pequenos assim como eu? Ah, não. Já foram pequenos, mas hoje são adolescentes. Uéndel tem doze anos, Uélington dezesseis e Ulisses dezenove. Você não tem uma filha menina? Sempre quis ter uma menina assim bonitinha como você, mas Papai do Céu só me deu meninos. Não tenho irmão. Você é filha única? Sou a filhinha de meu pai e de minha mãe. Ah, sim. E seu jogo, o que é? Você não sabe? Não sabe porque nunca teve uma filha menina. É verdade. Então me conta que jogo tão interessante é este cheio de quadradinhos. É Amarelinha. Meu jogo favorito. Foi meu pai quem me ensinou. Você precisa jogar a pedrinha nas casas e ir pulando e pegando, pulando e pegando até chegar ao céu. Ah, que legal! E você já conseguiu? Claro que sim. Você acha que eu sou boba? Eu ganho sempre. Às vezes, a pedrinha não vai para onde a gente quer. Aí a gente tem que jogar de novo, até acertar. Aí a gente pega a pedrinha e sai pulando assim ó, e quase caiu por cima da cadeira com outra enfermeira que estava preenchendo formulários. Todos riram, Lívia também, e retirou de dentro de si o sorriso guardado pelas horas de aflição.

 Como é o seu nome? Lívia. Eu sou a Conceição, enfermeira-chefe daqui. E eu sou a Ludmila, enfermeira que está cuidando também do seu pai. Silêncio. Expressão de preocupação em Lívia. Conceição olhou brava para Ludmila, que emendou. Mas ele vai ficar bom, né? Conceição olhou agora com desaprovação total. Vai? Eu quero ver meu pai. Vamos terminar o jogo da Amarelinha, Lívia? Vamos terminar o desenho para ele ficar bem bonito? Não quero mais desenhar. Quero ver o papai. Meu pai é o pai mais bonito do mundo, do universo todo, assim ó. Conceição abraçou a menina. Vem, vou te ajudar a acabar a Amarelinha. Você sabe? São dez casas. Eu estava na nove, pertinho do céu, quando minha mãe gritou. Aí não entrei no céu... Os grandes olhos negros de Conceição turvaram-se na emoção. Vou orar muito por você, deixou escapar em voz alta. Lívia ajeitou os cabelos duas vezes para trás da orelha, balançou as pernas, a sandália croc caiu no chão e ela voltou a rabiscar sua Amarelinha.

 Havia um ponto fixo do tempo. Um tempo de entrada no céu. Um ponto fixo, mas para sempre e misteriosamente repetido como num eterno retorno. Mito infantil para a pequena Lívia. Não se entra no céu sem antes pegar a pedrinha. Num pé só. Com todo equilíbrio do mundo é que se entra no céu. Mas a vida é tão num pé só... Como é que se pode entrar no céu assim tão pequenina quando ainda há tanto por fazer? Seria melhor não responder, não ter perguntado. O mundo é instável como uma galinha no poleiro e, no entanto, ela fica lá até que algo aconteça e, num ímpeto quase suicida, pensa que voa para o chão ao se deixar cair estabanada. O delicado equilíbrio do mundo guarda muitas proporções com o precário equilíbrio de nossos corpos: movimentos rotineiros de atração afetiva e tentativa de expulsão de situações febris. Mas como todo equilíbrio é precário, não quer dizer que vá melhorar.

A porta abriu e de lá saiu Katarina sem Santiago. Katarina sem Santiago era o mundo em desequilíbrio. Katarina, com os olhos vermelhos, Katarina sem o pai de Lívia. Conceição apertou Lívia em seu colo. A menina quis descer. Conceição amoleceu os braços e o coração. Eles eram enormes naquela enfermeira tão gentil. Lívia correu para abraçar a mãe sem o pai. Aquilo de haver só um, não era felicidade aos olhos de Lívia... E o papai? Santiago continua "dormundo". Dormundo? É. Dormindo para o mundo. Foi a palavra que inventei para descrever o Santiago para ti. Ele não é o Santiago, ele é o meu papai. Sim, querida, seu papai, o nosso amor, filha. Ele será sempre nosso querido amor.

Foi nesse dia que a enxaqueca de Lívia começou. De início, dava-lhe o nome singelo de dor de cabeça. Foi também a partir desse dia que a menina abandonou o hábito de comer. Katarina insistia, mas quanto mais a mãe se desesperava mais a filha parecia gostar daquele jogo do emagrecimento, da lenta desaparição. Você precisa comer para ficar forte para seu pai. Eu não quero ser forte, quero meu pai de volta. Era dessa força que precisava se alimentar. De que lhe adiantavam rim, fígado, pernas, cabelos, coração, sim, principalmente coração, se não tinha para quem funcionar? Existir? Ela existia para ele. "Cajuína" foi a música que ouviu naquela manhã. Santiago era a essência da vida de Lívia. O colo seguro quando a noite chega. E ele não vinha, só fazia ausência.

Água era o que ele fazia como um barco naufragado. Lívia secava na tristeza de sua falta. Terra ressequida, mundo avaro de afetos, não afeito a ela. Doçura foi o que sempre houve em sua vida. Herança recebida desde o útero, quando desenvolveu um sistema de comunicação único: remexia de tal forma a encostar os ouvidos na placenta. Durante nove meses, desde que era um pequeno embrião – no início foi muito difícil – recolhia-se no silêncio daquele ventre cavernoso e escutava o sorriso da felicidade materna.

Sentia que havia um invólucro que envolvia a mim e a meu pai. Vivíamos numa espécie de bolha mágica que nos protegia do mundo e dentro da qual podíamos ver o exterior sem jamais sermos vistos. Sistema de defesa que sempre funcionou bem. Não havia inimigos que pudessem nos derrotar. Só não sabia que o pior inimigo era o interno. Quando é externo, levantamos muralhas, construímos abrigos, cercas eletrificadas, fossos com jacarés, colocamos sentinelas, mas, quando o inimigo mora dentro da mesma casa, não há o que fazer. Estamos indefesos contra nossas interioridades. Somos frágeis para nossas assombrações. A bolha havia rompido de dentro para fora e não ao contrário. Derrame era o nome dado ao imprevisível tormento. Perigo maior é o que não dá avisos. A ameaça veio de dentro da própria bolha e não houve tempo para a defesa. Uma vida indefesa é um cisco no olho da humanidade, mas um tsunami para quem vive a intimidade da ameaça de uma perda tão imensa. E eu vivia uma enxurrada de dejetos emocionais que emporcalhavam a rua por onde deveria atravessar minha infância. Um período em que deveria estar apenas ávida de sonhos, afastada de temores, recheada de frutos imaginários e fadas madrinhas. Deixavam entulhos na rua da vida precoce. Eu me sujava na ausência de uma proteção que pensei eterna. Mas essa sujeira toda não poderia macular o amor pelo meu pai. Jamais permitiria, encardida em minha fé ao cuidar dele ou deixar que me visse com olhos marejados em sua presença.

Como disfarçar a emoção quando se é tão pequena e mal se sabe o que dizer diante do desconhecido? Como disfarçar o coração esmagado por uma ausência de dois dias (dois dias!), que parece um ano inteiro com todas suas estações, variações do dia e da noite, curvas do sem-fim? Nesta bolha ouço bem perto sua voz chamar pelo meu nome em seus braços fortes, em seu colo, encostada, feliz quase a dormir em seu peito. Ouço as batidas de seu coração, a sua respiração que sobe pela garganta e umedece minha alma. Fico lívida: Lívia cheia de vida. Reviro a cabeça para que ele ampare minha sonolência. Estou aninhada no que melhor existe. Mãos firmes protegem minha infância dourada. Segura e apartada de todo medo. Aquele colo é meu castelo. O mundo existe, mas é um fosso. Meu pai é meu castelo, meu mundo. Para além dele, há o perigo, um outro mundo: invisível, irreal, desconhecido. Um mundo no qual não há céu, extremamente perigoso, porque também não há estrelas para orientar nossos passos, só um buraco negro acima de nossas cabeças – um buraco invertido, para cima. Como contar estrelas num mundo sem céu? Como ter um desejo atendido ao fazer um pedido para uma estrela cadente se elas não cruzam o céu? Como pedir à lua crescente que fique grávida de luz? Por isso é tão bom ter esta bolha que nos envolve e protege dos dragões da maldade. Quando ela estourou, deixou o céu a descoberto. Ter o céu sem proteção é estar sujeita a que as tempestades caiam sobre sua cabeça. Tenho medo de estar sozinha, encolho minhas pernas sobre mim mesma e peço uma proteção contra a escuridão que é o futuro. Pela primeira vez, penso em como vou acordar na manhã seguinte, pela primeira vez, soluço por temer a falta de respostas. Meu pai sempre tinha uma na ponta da língua. Meu pai sabia sobre as estrelas, sobre escovar os dentes, sobre dor de ouvido, febres e topadas do pé em pedras que faziam sangrar. Agora ouço sangrar meus medos e não consigo estancar. Agora ouço forte as batidas do meu coração que parece que vai sair pelos meus ouvidos. Agora ouço o barulho da escuridão, ouço vozes no silêncio absoluto.

No quarto ao lado, minha mãe chora baixo para que eu não ouça. No quarto ao lado, não está quem eu amo, está somente a ausência absoluta. Tenho medo desta ausência. Tenho medo de pensar e foram só dois dias. Nunca estive tão sozinha. No coração do dia, meu pai caiu no chão. No coração do dia, a vida ficou quebradiça. Tenho vontade de voltar no tempo, atrasar o relógio 48 horas e evitar a queda antes da queda. Como o próton-homem antes de sua queda. Amortecer o diagnóstico com meu amor. Nem me importaria de não ter entrado no céu ou que outro entrasse em meu lugar. Cederia de bom grado em troca deste apocalipse.

A vida antecipou-se ao seu fim e abriu uma porta que não deveria jamais ter sido aberta. Não sem meu consentimento quando os dias já tivessem me embranquecido os cabelos e não restasse outra escolha senão a partida. Mas não escolhemos a hora da partida. Ainda mais de nosso pai. "Pai nosso que estás no céu...", não, não e não. Meu papai está aqui na terra. Ele não partiu. Por que estou falando assim sobre ele? Foram apenas dois dias. Uma eternidade. E meu mundo girou ao avesso. Compreendi que nem tudo posso saber, nem tudo devo saber. A sombra do dia antecipou a noite e fez com que o rio transgredisse suas margens para além do limite previsível. O que era solo firme desbarrancou como um castelo de cartas, e a vida transbordou. A sombra do dia precipitou a escuridão da noite sem estrelas. Luzeiro sem brilho e firmamento. Mal havia começado a jogar o Jogo da Vida e o dado fez com que eu andasse até a casa que indicava revés. Poderia ter caído na casa da sorte e teria entrado no céu, mas parece que meu céu vai ter que esperar. Nuvens vieram trazer chuvas inesperadas e tive que voltar várias casas do meu percurso original. É claro que não pretendia chegar ao final e pegar agora meu pote de ouro, mas entendam: meu pai é meu pote de ouro e agora está num lugar inacessível, até onde eu sei, intocável. Meu pai está imóvel numa cama. Mas foram apenas dois dias. Amanhã ele estará aqui? Ele poderá voltar para casa? Eu poderei falar com ele? Preciso dormir. Não quero, tenho medo de dormir, de ter pesadelos. Uma criança deveria ter sonhos tão ruins? Preciso desligar o abajur. Não quero ficar no escuro. Mas está escuro dentro de mim. Alguém pode acender minha luz?

3

Dois dias. Exatos dois dias que meu pai havia chegado em casa numa ambulância. Chegou deitado, dormindo. "Dormundo", como disse mamãe. Continua deitado, mas agora seus olhos estão abertos. Às vezes, semicerrados. Eles falam comigo. Eu o entendo e, à minha maneira, noto segundo a segundo que ele percebe que meu corpo circula ao redor da cama. Ajeito seu lençol, beijo-lhe as mãos, faço-as repousar sobre as minhas. Suas unhas estão grandes, mas ainda não sei cortar e tenho medo de machucá-lo.

Minha mãe disse que ele me vê, mas que não consegue falar comigo. Há dois dias tento falar com ele. Mamãe explicou que é bom ele me escutar, mas o silêncio dele me atordoa. É uma conversa sem resposta, só de ida. Como se fosse um caminho longo, sinuoso e estéril. Mesmo assim, converso por mim e por ele. Ele me olha, pisca os olhos e eu pisco os meus como se estivéssemos namorando. Fora esses pequenos movimentos, não sei dele mais nada do que sabia no dia que estava prestes a entrar no céu. Mergulho então num abismo. Recontei-lhe inúmeras vezes a história do jogo da Amarelinha, disse-lhe que ficaria orgulhoso de ver como eu mesma havia riscado no chão as casinhas muito parecidas com as que ele fazia. Fui lá fora e o riscado continuava sulcado na terra e a pedrinha, na casa nove à espera de entrar no céu. Às vezes, me sinto como aquela pedra: inerte como meu pai. Sei que quem não fala é ele, mas o que é que eu vou fazer se não tem ninguém para conversar verdadeiramente comigo? Ele me entende e sei disso. Parece que seu corpo cabe num copo d'água. Sou uma pedra sem conseguir entrar no céu. Cabem pedras no céu? Pedras de gelo, penso. De jeito nenhum. De gelo é que não sou feita, qualquer coisa menos frieza na alma. Tudo menos ter um coração que não esteja para o bem ou para o mal aos sobressaltos. Um coração que é uma estrada: filha-pai.

Pensei na palavra "Amarelinha": amarela, amar ela, amar elinha. Elinha sou eu! E ri com isso. Ele ia gostar dessa minha invencionice.

Ao longo dos dias, percebo que seu corpo está amolecendo como se estivesse num recipiente aquoso. Espécie de líquido primordial.

Por acaso sou uma menina que se perdeu de seu pai? Berrei em silêncio comigo mesma. E a resposta ficou entalada na lágrima que saiu no lugar da voz. Corri ao banheiro dizendo que estava com dor de barriga. Era mentira por verdade. Não queria que meu pai me visse chorando e também fiquei com uma dor que não sabia explicar. Era dor na barriga, mas não dor de barriga. Melhor seria dizer, frio na barriga. Medo incontrolável quando a cor desaparece e as pernas ficam bambas. Fiz xixi de novo perna abaixo antes de conseguir chegar ao banheiro. Que droga, ao menos desta vez ninguém viu.

    E você aí não vai contar pra minha mãe, viu? É você mesmo que está lendo. Jure segredo, tá? Jura? Eba! Já vi que podemos confiar um no outro e vamos nos dar muito bem.

    Nunca mais brinquei de Amarelinha. Nunca mais vou brincar enquanto ele não acordar e puder me olhar, sorrir e me dizer coisas bonitas como só ele era capaz de dizer a uma filha. E esta filha sou eu. Sou eu esta filha que ficou órfã de um pai que não morreu. Sou eu esta filha que chora escondida debaixo dos lençóis quando mamãe pensa que já fui dormir. Sou eu esta filha que para sempre será zelosa com o pai. Serei lanterna para seus olhos e estrada para seus pés. Serei fruto para seu paladar e água fresca para sua sede. Serei escuta atenta para seus gemidos e agasalho para seus calafrios. Serei vida para sua vida e morte para seus silêncios.

4

Engraçado, desde que papai ficou assim, mamãe tem estado muito mais afetuosa comigo. Conta-me histórias antes de eu dormir, escolhe minhas roupas com cuidado, penteia meus cabelos com enorme carinho e me chama de *minha bonequinha* todas as vezes que ela quer que eu fique perto dela. A presença-ausente de papai nos aproximou. Eu, por minha vez, nunca a achei tão linda apesar de toda sua angústia. É uma beleza ancorada na tristeza, mas ainda assim é algo como uma nuvem rosada num fim de tarde. Celestial. Passei a admirar a maneira singela como joga os cabelos pesados para trás e os amarra com um elástico colorido. Acho que ela fica mais elegante. Quando eu crescer também vou querer ficar assim igual a ela. Quer dizer, triste não, mas também uma mamãe com uma filhinha assim como eu. Pela primeira vez pensei em ser mãe. Nem com minhas bonecas me dava esse lugar. Até então, elas eram as irmãs que não tive. Agora que há um lugar vazio, penso na ideia de estacionar meu pensamento dentro dele. Refugiar-me seria o mais certo dizer. Digo o que sinto e o que sinto não cabe em palavras. Meu pai me entenderia. Ele ainda me entende só com o olhar. Mas não é a mesma coisa. Falta a palavra falada. Pensarei por mim e por ele. Colocarei na sua boca as minhas palavras. Então ele falará novamente comigo.

    Tenho aprendido histórias na escola. Agora já sei ler. Mamãe me comprou alguns livros. Puxei uma cadeira bem perto do meu pai e li um livro inteiro para ele. Quando acabei vi que havia umas lágrimas em seu rosto. Enxuguei-as. Lágrimas de sal, e beijei seu rosto. Não entendi por que ele chorou se a história era bem alegre. Era sobre uma abelhinha que aprendia a voar e ia pela primeira vez sozinha procurar mel. Disse isso para mamãe e ela me explicou que a gente não chora só de tristeza, mas de alegria também. Ela me disse que ele ficou emocionado ao me ouvir contando uma história para ele. Então, ele gostou? Muito, filhinha. Para ele, você é como esta abelhinha que está aprendendo a dar seus primeiros voos na leitura. O papai gosta muito de você. Eu também gosto muito dele, mamãe. Vou contar uma história para ele todos os dias quando voltar da escola. Ele vai adorar...

5

Chegou uma carta para papai. Fui eu mesma que peguei na caixa dos correios. Na frente estava escrito: *Para Santiago,* e no verso apenas um nome de mulher: *ILY*

Mamãe, posso ler a carta para ele? Não, claro que não. É para seu pai, filhinha. A gente não abre a correspondência dos outros. Mas, mãe, o papai não sabe mais ler! Sabe sim, só não pode agora. Quando puder ele vai ler a carta. Agora me dê esta carta que vou guardá-la para quando seu pai puder ler. Mãe, quem é Ily? Não sei, filhinha. Deve ser alguém do trabalho.

Minha mãe entrou com a carta para dentro do quarto. Pela fresta da porta vi que ela abriu a primeira gaveta da cômoda e a colocou por debaixo das blusas. Agora eu conhecia o esconderijo secreto dos adultos. Minha curiosidade atiçava a transgressão. Queria porque queria ler o que estava naquela carta endereçada a meu pai. Por que alguém escreveria uma carta a uma pessoa que não pode ler? Ou será que esta pessoa não sabia que ele estava doente? No outro dia, quando mamãe saiu e fiquei só com a empregada, fui até a cômoda, abri a primeira gaveta, levantei as blusas e lá estava a carta. Quem escreveu tinha uma letra bonita, redonda e ao mesmo tempo alongada como desses convites de casamento. Seria um convite de casamento para o meu pai? O papel de carta deve ter sido escolhido com cuidado. Não era um simples envelope. Diria que era um pergaminho ou algo mais encorpado. Quando o segurei nas mãos, vi que era mais pesado do que supunha. Eram muitas folhas e algo mais espesso dentro. Um cartão? Uma foto? Por instinto, levei o papel até meu nariz como se fosse um sabujo farejador procurando um osso enterrado. Pistas de um grande mistério. Tinha cheiro de jasmim. Sei que é jasmim porque é o perfume que a mamãe usa. Minhas mãos tremeram ao roçarem a borda do envelope. Quis abrir de uma vez, mas a voz de minha mãe ecoou forte dentro de mim: "A gente não abre a correspondência dos outros." Era uma ordem com uma determinação que eu não gostaria de ter ouvido. As crianças deveriam vir com algum sistema de proteção que lhes tampassem os ouvidos para não ouvir o que não querem. Os olhos não são assim? Fecham-se quando um perigo iminente se aproxima. Gosto muito das palavras que tenho aprendido nos livros.

Gosto imensamente das palavras, elas me abrem mundos que não conhecia. Algumas sozinhas, como "nuvem" são boas de sonhar e deitar sobre elas. Mas outras, como "mula sem cabeça" e "cebola crua", ai, dão muito medo. Olhei no verso do envelope e ali estava novamente (como se ele pudesse de um dia para outro ter se transformado em outra palavra) aquele nome esquisito "Ily". Nunca tinha ouvido ninguém se chamar assim. Tenho uma amiga na escola que se chama Lily. O nome dela é Lilyanne. Ah, e se esta pessoa também se chama Lilyanne e se esqueceu de colocar o L na frente? Eu, às vezes, esqueço algumas letras. Antes, meu pai me ensinava. Hoje, quem corrige é minha mãe. Sem que ninguém percebesse o meu crime perfeito, devolvi intacto o envelope. Ainda não era hora de abrir o envelope secreto.

    Hoje acordei com uma grande ideia. Quando voltar da escola e minha mãe estiver no trabalho, vou pegar a carta, não vou abri-la, prometo, mas vou mostrá-la para o meu pai. Sim. É exatamente isso o que farei. Já sei quando ele diz sim e quando diz não. Combinamos um código com os olhos. Vi isso num filme que minha mãe alugou depois que papai ficou doente. E estamos aplicando o mesmo sistema. Uma piscada quer dizer sim e duas quer dizer não. Por enquanto, é só isso que conseguimos. Eu percebo que ele fica cansado se insistimos em fazer mais algum movimento. Ele fecha os olhos, mas sei que não está dormindo. Está só dizendo: deixe-me descansar um pouquinho. Aí deito ao seu lado e faço cafuné em sua cabeça. Já teve dias em que ele dormiu. Engraçado botar o papai para dormir. Tenho saudades de quando ele me botava na cama e contava histórias até eu dormir. Já fiquei com o braço dormente de tanto fazer cafuné na cabeça dele. Noutro dia, fui eu que dormi primeiro e minha mãe me levou para a cama.

Pois foi isso mesmo que fiz. Coloquei em prática minha ideia. Aliás, eu sou uma menina muito decidida. Quando penso em fazer uma coisa não fico molengando, pego e faço. Almocei, esperei a mamãe sair e fui até a cômoda. Abri a gaveta, levantei as blusas e, decepção: a carta não estava mais lá. Abri e fechei novamente a gaveta. Abri a do lado esquerdo. Abri todas, uma por uma e nada da carta. Fui até a mesinha de cabeceira e nada. A carta sumira. Será que foi a empregada que pegou? Ou terá sido a mamãe mesmo? Mas não foi ela que disse que não se abre a correspondência dos outros? Como é que vou saber? Como é que vou fazer para perguntar a ela? E eu que queria tanto mostrar ao menos o envelope pro papai...

Por que algumas cartas, tantas palavras e muitos outros mistérios continuarão adormecidos para sempre no inconsciente da vida de uma criança? Chegará a algum destino esta carta? Qual é o destino de uma carta de amor? Será ela uma carta, uma palavra em sofrimento, uma *lettre en souffrance*, como diz o carimbo do correio francês quando o destinatário não é encontrado?

6

Entrei no quarto do papai como faço todos os dias para dar um beijo nele antes de ir para a escola. Notei que no canto da parede havia um pouco de areia. Achei estranho e soltei um "ué?" tão alto que mamãe veio ver o que era. Nossa, menina, pensei que fosse algo sério. E é, mãezinha. Ontem não tinha aquela areia ali. Vai ver foi o vento que trouxe. Mas quem abriu a janela? Pode ter sido a empregada ou a enfermeira para arejar. Agora acabe de se arrumar se não vai perder a condução. Pode deixar que eu mesma vou varrer esta areia, filha. Dá um beijinho no papai e outro aqui na minha bochecha. Tchau, mãe. Boa aula, filhinha.

Quando voltei fui logo deixando minha mochila na sala e corri ao quarto dos meus pais. Eles dormiam em camas separadas porque papai precisava de alguns cuidados especiais. Por isso arranjaram uma cama de hospital para ele. Tem um motorzinho que é só apertar um botão que faz com que ela levante a cabeceira ou as pernas, fique curva no meio, abaixe lentamente. Mamãe disse para eu não ficar brincando com a cama porque podia incomodar o papai e não tinha como saber se ele estava gostando ou não. Tem umas enfermeiras que vêm cuidar dele. São duas. Eu gosto mais da Inês, mas a Ciana também é simpática. Só que a Inês brinca comigo e me conta histórias. Ela também tem uma filha da minha idade, aliás, ela tem três filhos e a menor é da minha idade. Eu perguntei a ela se não podia trazê-la para brincar comigo e ela disse que ia perguntar à mamãe para trazê-la no sábado. O nome da filha dela é Alecrim. Achei engraçado porque sabia que era um tempero que a gente põe na comida. Tenho uma amiga que se chama Jasmim, mas nunca conheci uma Alecrim. Mas gostei do nome. Quando ela vier vou mostrar meus brinquedos e minhas bonecas para ela.

Olhei para o canto da parede e lá estava a mesma areia. Fiquei brava com a mamãe porque ela tinha se esquecido de limpar. Antes que eu pudesse limpar ou pedir a empregada para passar a vassoura, mamãe chegou. Zanguei com ela porque ela não estava cuidando do papai direito, afinal, ela não tinha varrido aquela areia. Varri sim, filhinha. Não varreu. Varri sim. Ainda na sala, Katarina abaixou o tom de voz e falou com a filha. Querida, vamos lá que eu mostro. Para espanto de Katarina, lá estava a areia novamente. Agora era ela que estava intrigada. Ué? Mas eu varri. Mas não varreu direito, disse Lívia demonstrando certa raiva. Varri sim, mas apareceu de novo. Vou perguntar à Bernadete.

7

A cada dia Katarina desdizia para Lívia o que era ser mulher. Com essa situação, como poderia ensinar a uma criança que já era hora? Qual seria a hora mais propícia? Ser mulher não é entrar no céu. Torna-se mulher. Quer queira quer não? Ainda não sei. Não se joga a pedra de Amarelinha no relacionamento com um homem. Tinha medo de não saber o suficiente. Se para Katarina ensinar para Lívia sobre a vida sempre esteve atrelado a uma parceria com Santiago, então neste árduo tempo de vida não compartilhada, tudo tornava-se ainda mais estressante, ainda que o transmitir a filha sobre o feminino fosse tarefa sua.

Por outro lado, Lívia aprendia com a imaginária areia que dia após dia avançava sobre o quarto. Cada grão, pensava, era uma molécula – se já soubesse pensar assim – do corpo feminino. Fragmentos que ardem aqui e ali. Poros, então. Esses furos por onde sai o suor. Cada grão para cada furo. Haveria de saber encaixá-los. Deveria haver um furo específico para cada grão. Deveria saber procurá-lo. Olhos atentos, coração sempre pulsante. Não poderia deixar escapulir nenhum. Qualquer erro poderia ser fatal. Transbordamento já disse. Tamponar meus furos era como contar os grãos numa miragem sem fim. Eram coisas novas na cabeça de Lívia que ela própria não entendia e, quando não entendia, inventava. Criar era responder a vida ao que esta havia ficado em dívida para com ela.

    Tarefa delicada e cuidadosa que Lívia, sentada ao chão, dia a dia, separava emoções de sentimentos, sentimentos de gatinhos, gatinhos de mamãe, mamãe de dúvidas, dúvidas de chuvas intensas, chuvas intensas de livros e mais livros por ler. Com aquela intensidade de areia, feminilizava-se. Adubava-se do húmus, terra fértil que abria espaços em seu corpo. Debulhada sobre sua própria forma imatura, inacabada, muito por fazer, re-fazer-se, Lívia separava-se com intensidade de sua infância. E o que era o infantil?, perguntava-se. Onde se despluga a inocência da palavra que atordoa? Não tinha respostas, mas invenções. Inventava raios ofuscantes, potestades imperdoáveis, trovões que rugiam malvados e que levavam para bem longe as palavras pequenas, as miúdas de pouca infância, os balbucios, os tatibitates, as gaiatas invencionices das quais todos gargalhavam, enfim, o linguajar pré-mundo, ou melhor, dos adultos porque aquela língua era boa, era bem dela, seu primeiro instrumento de trabalho. Escondida, chorou porque teve saudade da palavra "lalai" que nem sabia bem o que era ou qual sua serventia, mas sabia que servia para muitas coisas, fora ela quem havia inventado.

***

Como ficar distante de um objeto assim tão querido? Aquela palavra, lalai, era mágica. Possuía o dom de me acalmar. Às vezes, eu inventava uma cantiga para ela e cantarolava lalai bem alto pela casa até que mamãe dissesse para inventar outra música. Mas aquela já era uma invenção! Para que outra? Lalai era uma palavra-objeto mágica. E se eu a escondesse bem aqui dentro de mim? Murmurou para si mesma. E se eu prometesse ao mundo, meu pequeno mundo, que nunca mais a pronunciaria? Mas como devolver uma palavra depois de ter sido criada? Como sepultar uma palavra viva? Por acaso haveria um cemitério das palavras? Mas eu não queria esquecê-la, não queria perdê-la. Uma palavra assim é como um brinquedo precioso, um amuleto do qual não se desfaz. Acho até que é a minha palavra da sorte, como aqueles biscoitos chineses que o papai adora. Quando ele pedia comida do China in Box, lia para mim os pensamentos que, dizia, eram oraculares e escritos pelos antigos mandarins da China desde os tempos de Confúcio. Verdade ou não, pouco importava.

Era divertido o suspense que fazíamos para quebrar os biscoitos da sorte. Eu fechava os olhos e fazia um pedido. Hoje, não compramos mais comida chinesa, mas eu saberia de imediato que pedido fazer. Aliás, é um pedido que faço todas as noites para as minhas estrelinhas favoritas: é um encanto este segredo que não revelo a ninguém. O que falo e como falo com elas não interessa. Só sei que Lalai é a língua oficial do meu país. Portanto, mesmo que eu dissesse ninguém entenderia mesmo. Eu tinha um alfabeto próprio que me chegava pelos grãos de areia; palavras movediças ancoradas no silêncio de não entender. Eu não entendia o que era ser. Sempre soube o que era o mundo através dos olhos do meu pai. Seus olhos continuavam abertos, mas não eram mais pra mim nem pra mamãe. Papai olhava um mundo estranho que eu não conseguia mais compreender. Um mundo de silêncios. Seus olhinhos me diziam muito. Hoje, a sério, brinco de adivinhá-los. Já os olhos de minha mãe, só agora me revelam outras realidades antes imperceptíveis. Não. Nunca vou deixar de pronunciar nem uma palavra que eu queira. Se a palavra veio até mim é porque devo usá-la como uso minhas sandálias croc. Minhas palavras são meu chão. Representam, cada uma delas, um passo dado. É claro que há palavras em falso. Palavras esgarçadas que mal junto seus pedaços sobre mim mesma. Cadafalso. Refaço-me com palavras (des)conhecidas. Ainda são poucas, bem o sei. Não há muitas palavras que se entrelaçam para uma menina de seis, quase sete anos. Mas o vigor que elas ganham a cada dia possui a intensidade de uma rajada de vento quando menos se espera. E os olhos se turvam por proteção. Não há lágrimas. Não estão úmidos, mas ressequidos. Não estão destemperados, mas irritadiços. Vermelhos, sim, talvez. Espantados como quem vê o mundo pela primeira vez. Sim, ao acordar para a vida, sempre se vê o mundo pela primeira vez, porque nunca é igual ao mundo que (vi)vemos. Porque palavra forte é aquela que surge de onde parece não haver nada. Só areia. E sempre há tanto por viver e conhecer. E vida era o que não me faltava mesmo com o estado imóvel de meu pai. Viveria por dois e saldaria sua não parte na vida cotidiana. Pensei na dança. Seria bailarina e dançaria para ele, disse sussurrando em seus ouvidos. Pai! Pai? Você me ouve? Vou ser seus pés e você voará comigo. Esta lágrima que escorre do canto de seus olhos é salgada como mar. Serei seu mar. Areia parece que já tem e não quer sair por nada deste mundo por mais que a mamãe limpe. Até Leocádia, nossa nova empregada, varre todos os dias, pai. Mas é engraçado, ao invés de diminuir, aumenta. É uma areia branca. Não tem conchas, mas da próxima vez que for à praia vou procurar uma concha bem bonita para enfeitar. Trago um balde de água do mar também. Sabe aquele balde verde com margaridas brancas e amarelas que você comprou? Vou trazê-lo cheio de água salgada, paizinho.

Lalai. Disse outra vez. Era segredo meu e do papai. Ele sabia o que significava. Ninguém mais precisaria saber. Eu não iria mais esconder nem parar de falar nossa língua inventada na ternura de nosso amor. Se era um mal-dizer, então já estava feito e, se fizesse as contas do futuro, o verbo não desconversaria dos atavismos e não haveria Curupira de pés pra trás que pudesse retornar ao já ido. Se era para criar, eu era pródiga. Nadismos era um mar vazio com ondas de medo. O nada me amedrontava. Medo de ser quem não era e tornar-me estranha a ponto de não ver na minha mãe os recursos suficientes para minhas inquietações infantis e, por outro, estranha ao não reconhecimento do olhar do pai. Só o meu está ameaçado de ser soterrado pela areia. Nunca havia pensado nisso. Mas, agora, percebia preocupada que aquela crescente duna não era afeita a castelos. Era uma ameaça. Não era uma praia para brincadeiras ou metáforas. Aquilo parecia que acabaria por nos engolir. Pensei com sofreguidão que a cada grão que avançava levava-me cada vez mais para longe de meu pai. Um afastamento irrefreável. Então era assim que as separações se davam? Sem consentimento de ambas as partes? Eu não consentia com aquilo, mas não achava respostas. O mundo, percebia atônita, era maior do que eu. Estava fora de meu controle. O céu, definitivamente, não estava ali. Deveria, com certeza, estar em outro lugar. Mas onde? Como saber? A quem perguntar? Meu pai saberia se pudesse me dizer. Minha mãe? Estava mais próxima do que antes, mas parecia enxergar pouco sobre as distâncias das estrelas, sobre os pássaros e seus voos rasantes, sobre as nuvens e suas chuvas de verão, sobre o enorme veludo azul e sua inútil perspectiva. Seu universo consistia de coisas mais pragmáticas, terrenas e menos etéreas. Tinha suas importâncias, mas eu só descobriria mais tarde. Naquele momento, o mundo parecia se fechar sobre mim mesma. Na cama ao lado da de papai, onde agora minha mãe dormia, deitei, encolhi as pernas, dobrei os joelhos sobre meu peito. Não queria retornar ao útero de minha mãe, apenas recolher-me em minha infância desestabilizada. Agora, era eu quem chorava. Emudeci entre soluços. Silêncio. Um tempo infindável. Abracei os joelhos e adormeci ainda lúcida de meus temores.

 Sonhei que crescia adivinhando a palavra que faltava à minha mãe. Era um jogo de adivinhações. Eu cantarolava meu idioma predileto e ela tinha que descobrir a palavra encantada. Minha mãe tornava-se cada vez mais doce e não era mais sonho. Ela agora se arrumava como eu nunca havia reparado. Comprou roupas coloridas, cortou o cabelo sem vida e fez luzes. Ficou linda. Minha mãe e seus reflexos. Agora eu me espelhava nela enquanto papai ainda dormia acordado. Carinho que ela fazia era me pentear com doçura, calçar minhas sandálias preferidas (tinha agora de várias cores) e me arrumar já de banho tomado para ir à escola. Eu lia cada vez mais e todo dia trazia uma história diferente a fim de ler para o meu pai. Sentava bem perto dele num banco alto. Ia passando as figuras, lendo em voz bem alta e já quase sem soletrar. Sei bem que ele ficava orgulhoso de mim, pois ríamos muito quando acabava de ler. Então ele me abraçava, colocava-me em seu colo e o mundo se coloria num riacho de fantasias. Era luz interior; misteriosa, enigmática que brotava sem perceber de onde vinha. Os olhos eram radares para um interior ainda em suposições.

Minha mãe falava cada vez mais. Eu entendia o mundo cada vez menos. Em que tempo haveria de coincidir o entendimento das coisas invisíveis com a sonoridade melódica da voz de minha mãe? Percebo que já não falo tanto "mamãe". Mãe parece ser mais curto e eficaz para se chegar rapidamente ao mundo dos adultos. Não sou diferente das outras crianças e, portanto, ainda não sei que vou sentir saudades de meu tempo de menina. Teriam o trovão, os raios e as tempestades carregado para longe meu desejo pelo calor do colo da palavra mamãe? Não sei das trilhas; veredas para chegar a um mundo melhor. O calor avança com o deserto de areia. Eu me perco em miragens. Vejo meu pai caminhando por entre as dunas. Tem um chapéu engraçado, um panamá com um laço de fita preta enorme e esvoaçante. O vento joga seu chapéu na areia. Abaixa e pega. Torna a jogar. Movimento circular. São as voltas que o vento dá; rodopio, redemoinho de sentimentos que turvam os olhos úmidos na saudade. Puxa um cavalo baio com dois balaios pendurados cheios de papéis. Meu pai me olha e diz que são mapas que é para não nos perdermos na vida. Na vida se precisa saber ir para poder voltar. Dois caminhos opostos; paralelos. Não é o meu caso e o dele. Tão próximos nos olhares e no coração. Segura a minha mão pequenina. Sorrio com os olhos e os cabelos voam felizes na cena do deserto. A confiança que uma mão dá, apenas uma mão, porém forte, é algo para se carregar na alma durante toda uma vida. Papai sorria enquanto me protegia da tempestade de areia. Para evitar que mais areia cobrisse meus cabelos, colocou-me em seu colo. Com meu braço esquerdo abracei sua nuca e dei-lhe uns beijos na bochecha. Fez cócegas na minha barriga e disse sereno: "Quando chegarmos ao final desta viagem, terás o conhecimento suficiente para fazeres outras viagens." Certa melancolia apoderou-se da minha alma. Por que ele não falou que "nós" poderíamos fazer outras viagens? A solidão é uma viagem com dois a sós. Pai. Papai! Você está me escutando? Pai! Entrou areia em meus olhos. Por isso eles estão úmidos, minha filha? É, menti na tristeza daquele dia. Deixa que eu tiro. Pai, acho que nem você consegue mais. Era uma viagem feita nos percalços da alegria. Um perigo que a vida não afasta: viver é estar banhada de uma chuva que muitas vezes não lava a alma. Enlameia. Deambulamos por horas. Noite e dia enfrentamos frio e calor. Animais estranhos da noite sumiam durante o dia. Havia um lagarto do deserto que ao longe nos acompanhava. Dei-lhe o nome de Serafim. Todos os bichos precisam de um nome. É minha maneira de me aproximar deles mesmo que não se acheguem a mim. O nome, a nomeação; coisa mais importante do mundo. É o primeiro ato de amor que os pais fazem aos filhos ainda na barriga da mãe. Quando eles dão um nome ao bebê que ainda nem nasceu, introduzem, acolhem aquele ser no seio da família. Se não seria apenas um desterrado do sobrenome familiar. Um ninguém a quem você não sabe nem como chamar. Talvez esse sujeito sem nome, que nunca conheci, não seja nem lembrado quanto mais chamado. Talvez não tenha nem voz e é bem possível que não saiba chamar ninguém. Você já conheceu alguém sem nome? Eu nunca. Então, por que os animais também não teriam um nome? Não basta chamá-los de lagarto, leão, avestruz ou hipopótamo. Tem que lhes dar um nome. Com os cachorros, gatos, cavalos não é assim? No sítio do meu avô, todos os netos davam um nome às vacas. Não precisa ser um nome comum. Pode ser um nome inventado. Uma vez conheci uma vaca chamada Sarga. O que quer dizer Sarga? Sei lá. O moço chamado Valter Hugo Mãe quis assim chamá-la e assim ela obedecia. Sarga era a mãe da família de Baltazar Serapião. Pois bem, Serafim, com uma língua que só não era maior que sua cauda, nos seguia à distância. Se fosse uma hiena, talvez nos esperasse na morte. Mas um lagarto? Lagartos comem ovos e outros bichos menores, mas não comem gente, meu pai me ensinou. Eu não devia ter medo. Mas tinha. Depois que papai falou para lhe dar um nome, meu medo miraculosamente passou. Aliás, passei a me afeiçoar àquele ser quase esverdeado, longilíneo e elegante como uma modelo, se elas desfilassem rentes ao solo. Papai mandou procurar por ovos no balaio esquerdo do cavalo. Quase caí lá dentro de tão fundo que era. Um túnel que se bifurcava em outros milhares de túneis sem fim. Eram veredas inventadas na ilusão infantil. Um dos túneis, o que me pareceu mais convidativo para entrar, tinha um cheiro de mar que eu adorava. Saí numa caverna que descortinava o azul-petróleo do mar encapelado ao infinito de meus olhos. Descansei minha vista na brisa trazida pela batida de asas das gaivotas brancas. Eram muitas. O barulho das asas e o canto das gaivotas rivalizavam com as ondas batendo estrondosas na areia. Agora levavam a espuma até meus pés descalços. Era gostoso sentir a espuma macia por entre os dedos que afundavam lentamente na areia. Um siri veio até mim. Iria beliscar meu pé? Rapidamente dei-lhe um nome e o medo passou.

Quando chamei por ele, olhou-me desconfiado e desapareceu rapidamente sob a areia. Santo Agostinho! (Foi este o nome que lhe dei. Havia achado engraçado alguém se chamar "santo". Certa vez, escutei mamãe falando este nome na missa de domingo.) Chamei-o, mas acho que já não me escutava. Lívia! Lívia! Já vou, papai. Peguei o túnel de volta, com uma dúzia de ovos achada bem no fundo do balaio. Filha, deixe um ovo em cima daquela pedra para o Serafim. Espiamos longe do perigo de sermos vistos. Para nós? Para ele? A precaução deu certo. Em pouco tempo, Serafim aparecia todo garboso. Pensou, olhou daqui, observou dali, mexeu a língua para fora e para dentro, deu dois passos, ficou imóvel como meu pai, mas diferentemente dele, voltou a caminhar e, de uma bocada só, engoliu todo o ovo e saiu feliz por detrás de um montículo de areia. Fazia bastante calor. Deveria ser verão, porque primavera sem flores é que não era. Existem primaveras no deserto?

Meu pai tinha um cantil mágico onde nunca faltava água fresca. Eu bebia em suas fontes, bebia em suas palavras. Nelas me aninhava e sentia-me protegida dos lobos da noite. À medida que o deserto avançava, ou melhor, que nós avançávamos sobre ele (Afinal, quem avançava sobre quem? Estava perdida, perdida de mim mesma?), meu coração desalinhava descompassado da alma. Um susto que descortina a cena mais importante da vida de uma menina: as interrogações descabidas sobre as incertezas do futuro. Assim eu pensava. Assim sentia: frio e calor. Não eram mais externos, aliás, já não sabia bem onde terminava o externo e começava o interno já que transbordar era uma sensação que dia a dia ficava mais comum. Eu me tornava a mais incomum das meninas da minha idade. Tinha um pai imóvel que me levava para as viagens mais incríveis que uma menina poderia ter. Medo e desejo que meu pai estivesse na última casa da Amarelinha. Aquela que não entrei e que agora não ouso dizer o nome. Amanhã, talvez. Dormir, sonhar, sorrir e, de novo, viajar. Sempre. Ah, o desejo é infinito. Infinitamente insatisfeito. Então, quero sempre o mais, o excesso, o transbordamento. Apago a luz do abajur, fecho os olhos e a noite já está em mim. Tenho medo. Abro os olhos na escuridão. Não, não vou voltar a acender esse abajur que existe dentro de mim. Hoje não. Boa-noite.

Antes de dormir, peguei meu diário e escrevi com letra miúda:

Lalai = Lívia ama papai. Não conte para ninguém. Isto é um segredo. Boa-noite.

8

Mamãe era uma palavra que aninhava em mim nas noites febris o lençol encharcado de suor-pós-novalgina-em-gotas, amassado em desassossegos, as trancinhas desfeitas dentro do mistério noturno e, por muitas e muitas vezes, numa espécie de regressão, o colchão transbordava quente de xixi. Mamãe jogou as toalhas. Levou-me a uma analista. No caminho, ela disse: se seu pai estivesse aqui... Mãe, mas ele está sim, interrompi brava. Ah, sim, desculpe, filha, sim, está... Ficou embaralhada para explicar o óbvio a uma criança, mas às vezes as crianças não aceitam a inutilidade do óbvio estúpido de um adulto. Está ou não está? Sim, claro que está. Apenas não pode participar da nossa vida como antes. Entende? Não da sua, mas da minha parece que participa ainda mais, mãe. Fazemos viagens fantásticas por mundos que nunca imaginei. Ainda ontem passeávamos pelo deserto e conheci o Serafim. Quem, filha? Mas o que é que você está dizendo? Não estou entendendo nada. Quem é esse Serafim? Um amiguinho da escola? É, mãe. Um amigo, pronto. Aprender a mentir a fim de se livrar de uma situação embaraçosa é coisa natural para nós humanos-desde-pequenos. Serafim é o nome do meu novo amigo da escola. Ele adora ovo. Você também sempre gostou, filha. Lembra? Você não conseguia dizer o "r" e dizia ovo "fito". Eu e seu pai ríamos com suas gracinhas. Vocês não me deixam quieta. Primeiro a fono, agora uma analista. Pra quê? Você anda muito ansiosa, filha. Voltou a fazer xixi na cama e já está quase com sete anos. Você não fazia xixi desde antes dos dois anos quando retiramos sua fralda.

O nome da analista era Suzanne, com dois ennes. Achei engraçado uma analista se chamar Suzanne-com-dois-ennes. Vou implicar com ela, pensei. Na verdade, acharia engraçado qualquer coisa só para não ter que dar muita atenção ao que eu viera fazer ali. Entrou, entramos. Ela sorriu um "boa-tarde" simpático. Calei ao som da resposta de mamãe. Já era satisfatório para Suzanne-com-dois-ennes que uma de nós duas explicasse o propósito de nossa consulta. Mamãe relatou algumas coisas que eu já sabia, outras que eu não lembrava: de que eu fiz xixi nas calças quando vi o papai caído no chão da cozinha. Aliás, de algumas dessas histórias eu sabia melhor do que ela, mas calei em meu saber em desuso. Falou outras que percebi que estava inventando, mas achei por bem me fazer de desentendida. Eles brigavam? Nunca soube = nunca vi = nunca ouvi, portanto, não existe. Simples assim. Invenção dela para talvez ganhar tempo. Não sei bem para quê. Papai e mamãe não brigavam. Por que estava dizendo isso agora na frente da

Suennes? Então seu pai está imóvel na cama? Tá. E você gosta muito dele, não é? Sua mãe falou que a relação de vocês é muito intensa. Do que você gosta de brincar quando está em casa? Puxa, mas mamãe tinha acabado de falar... Por que esta moça, Suzanne-com-dois-ennes, está repetindo tudo o que nós três já sabemos? Responde o que ela está perguntando, filha. Ora, se a gente não respondeu é porque não quis, não pode ou não soube. Pronto e basta! O que mais poderia ser? Vamos, insistiu. Responde para a moça. Gosto de brincar de imaginação. É um brinquedo que seus pais te deram no Natal do tipo imagem e ação? Ai, que burra, só pensei. Não. Não posso acreditar que uma psicóloga não saiba o que é para uma criança brincar de imaginação. Mas isso realmente eu não sabia explicar. Só sabia inventar.

Ainda bem que minha mãe me socorreu, ela é bastante criativa, também tem muita imaginação e vive inventando histórias em seu mundo particular. Ela está na alfabetização indo para o primeiro ano, sabe ler muito bem e escreve como se fosse uma pessoa adulta. Ela conta histórias para o pai. Puxa, nem eu sabia tanto de mim assim como a mamãe. Bem, deve ser para isso que as mães servem, para dizer o que gente é quando não conseguimos saber. Se eu fosse um livro, ela saberia me ler. Legal, quando eu crescer quero ser um livro bem bonito com um milhão de folhas e cheio de ilustrações. Eu não sabia que já sabia ou fazia tudo isso. Legal. Acho que ela é que podia ficar aqui conversando com a analista. Então, Lívia, você adora inventar histórias. Adoro, respondi secamente sem dar brechas a outras conversas. Você gostaria de inventar uma história agora? O que você gostaria de dizer e o que está pensando neste momento? Em ir embora, pensei. Não ia dizer, mas não me segurei por muito tempo. Quero ir embora, mãe. Falei bem alto. Mas, filha, não tem nem vinte minutos que chegamos. Vamos conversar mais com a Suzanne. Mas eu já havia encerrado a sessão. Elas, se quisessem, conversariam sobre o que quisessem. Levantei da poltrona e fui até um canto da sala onde havia alguns brinquedos. Uma casinha de madeira com telhado vermelho (gostei), alguns jogos de tabuleiro (nem liguei), uns bonecos e bonecas de pano, carros (estes devem ser para os meninos), lápis, papel sobre uma mesa com uma cadeira bem do meu tamanho. Peguei um lápis, uma folha em branco e fiquei olhando um dia inteiro para aquela folha. Ela, nada não me dizia. Era apenas uma folha em branco, mas algo me puxava para dentro dela. Fiquei estarrecida com a força de uma folha em branco. Nunca havia sentido nada parecido. E, no entanto, parecia haver um mundo a me esperar ali dentro. Do nada? Do vazio de uma folha? De repente, compreendi que ela esperava por mim. Esperava pelos meus desenhos, pela minha escrita. Mas eu mal sabia escrever. Não importava. Naquele momento, pela primeira vez na vida, descobri que, depois de meu pai, a coisa mais importante na minha vida era escrever.

Era uma vez... Como se continua uma história se não sei o que vou escrever? Sabia que as histórias começavam assim. Iniciavam num passado longínquo. Era uma vez. Não poderia ser eram duas vezes? E sorri matreira. Sentia um formigamento dentro do meu peito, uma comichão em meus olhos e uma sensação que não saberia descrever. Era uma alegria inventada no pior de mim mesma. No instante em que me descobri escritora de histórias sem ainda ter escrito nenhuma, senti que um fosso enorme se agigantava dentro de mim. Como era possível? Não era para se ter uma ideia e ser feliz com ela? Como era possível que no igual instante em que um mundo se descortinava, outro parecia tornar-se um breu? Um mundo do qual tinha medo, mas que era impossível evitar. Um ir e vir de emoções, um estranhamento como se eu fosse outra, outras, milhares de mim ziguezagueando dentro da cabeça. Um enxame de abelhas zunindo à procura de um campo de flores para sugar o néctar das palavras. Queria nutrir-me delas. Dedicaria minha vida, de agora em diante, a caçar palavras, tal como os predadores fazem com suas presas. De repente, um frio enorme percorreu-me toda a espinha. E se fosse eu a presa? Valeria o risco? Valeria. Era para eu mergulhar sem medo? Não. Era para mergulhar mesmo com medo? Era. Haveria de ter fôlego para submergir e ganhar o ar das palavras do outro lado da folha? Não sei. No verso de uma página, há sempre outra por escrever? Sim, sim, sim. Agora, eu estava livre. Ao mesmo tempo livre e prisioneira em meus pensamentos, na minha imaginação. Sim, escreveria livros, histórias para contar para meu pai. Filha! Vamos?, mamãe falou com doçura. Já estamos aqui há mais de uma hora. Como assim? Não tinha vinte minutos que estávamos aqui? Pois sim, acho que você gostou muito daqui, não é? Você quer voltar?, Suzanne perguntou. Vou dizer só para a mamãe se sim ou não. Então, tá. Diga para ela e ela depois me diz, tá? Engraçado. Passei a achar a Suzanne-com-dois-ennes menos chata. Mais amável, até. Mas o que foi que você desenhou aí? Olha!, exclamou, surpresa. Não é um desenho. É o início de uma história. "Era uma vez...". Ah, que lindo. Você gosta de escrever histórias... Esta é a primeira vez, respondi com um sorriso um pouco encabulado. Mas por dentro já dizia para mim que adorava escrever histórias. Dentro de mim, havia todas as histórias possíveis de ser inventadas, um vulcão de palavras prontas a entrar em ebulição.

 Com o passar dos dias em minha vida, recordo-me cada vez menos das coisas que meu pai dizia. Já tenho saudade de sua voz. Mas isso guardo como um relicário dentro de mim. Seu sorriso, sua barba por fazer, sua voz grave como um barulho noturno do vento sobre a mata. Essa imagem sonora nunca me abandonará. Palavra é uma coisa, mas voz é algo que não se apaga. A voz transcende a palavra e toca regiões abissais dentro de mim. Porém, lembro de ele me dizer para ler sempre, mais e mais. Nos livros, filha, estão toda a magia, mistério e encanto do mundo. Neles você sempre encontrará palavras quando não souber o que dizer. Bem, não sei se foi assim mesmo que disse, mas é o registro inventado na lembrança da memória. Ainda há pouco, me dizia coisas que agora sei definitivas e essenciais. Sei por que não dirá mais. Sei por que esgotaram as palavras que ele precisava me dizer. Então, acho que ele me disse tudo. Tudo que para ele era importante me transmitir. Mas teria ele me dito todas ou faltaram palavras que só agora me dava conta do vazio que me circundava? Era no pensamento que estava aprendendo a conhecer outras palavras: solitária/solitário. Éramos nós. No entanto, ainda tinha a esperança que ele despertasse de seu sono, levantasse da cama, me pegasse no colo e saísse para o quintal para que finalmente eu pudesse entrar no céu. Havia tanto por lhe dizer, tanto para escutar, tantos cafunés, viagens para realizar nos amanhãs da vida, tantas mãos por dar, abraços por apertar...

Não voltei mais à analista. Ela não pode me ajudar. Ninguém pode.

9

Histórias para papai – A formiga e o sapo

Era uma vez uma formiguinha que estava com muita fome. Disse adeus às milhares de amiguinhas e seguiu em sua decisão contrariamente ao que seus pais haviam ensinado, isto é, que formiga que é formiga só anda com outras centenas de milhares em respeitosa fila indiana: cabeçacombunda, cabeçacombunda, cabeçacombunda. Filha, teria dito seu pai-formigo: é no vaivém que nós nos comunicamos e damos a localização exata das folhas, gravetos, insetos, bichos ou qualquer outra comida-de-formiga pra gente carregar para casa. Mas não teve jeito. Era uma tanajura teimosa. Teimosa e bunduda. Então saiu rebolativa de sua casa à procura de açúcar. Giselda, que era seu nome, gostava de sentir o doce gosto da vida.

Logo adiante, encontrou um grilo pulante. Bom-dia! E o grilo, em vez de educadamente responder, pulou. Era óbvio, mas ela não sabia. Giselda – os outros bichos não sabiam disso – só queria açúcar para sua mãe fazer doce com folhas de eucalipto. Era bom para a garganta. Giselda queria ser cantora. Meio atrapalhada, confundia as fábulas, já que não era cigarra. Era uma formiga, e formigas, até onde se saiba, não cantam.

Foi quando Giselda, muito espantada, se perguntou a centenas de passos rápidos de sua casa: "Qual é a voz da formiga? Qual é o sabor da minha voz? Qual é a cor da minha voz?" Ah, eram tantas perguntas sem resposta que Giselda sentou-se numa pedra verde e pôs-se a chorar. Chorou umas três páginas seguidas de livro infantil. Foi quando a pedra, para seu espanto, se mexeu. Estivera sentada num enorme sapo-esverdeado.

– Oh, quem está aí em cima do meu dorso que já te como.

– Ah, por favor, seu sapo. Sou eu, a Giselda.

– Quem é você? Não conheço nenhuma Giselda – disse, já carrancudo e colocando sua enorme língua pra fora.

– Sou uma formiga tanajura do Real Formigueiro Imperial Português por detrás do pé de laranjeira. Meus antepassados estão aqui há séculos. Viemos orgulhosos nos porões, quero dizer, com os torrões de açúcar da Caravela de Cabral, o descobridor do Brasil. Por isso, gostamos tanto do néctar das flores que contém açúcar não refinado. Nosso preferido. Meu avô sempre contava orgulhoso que seu tataravô foi o melhor caçador de torrões não refinados da corte portuguesa. Eu quase sou de família real, quase sou imperial, mas meu formigueiro tem este nome pomposo por causa deste meu tatarataravô, mestre tanajuro-Asdrúbal Fernando Pessoa Cabral. Foi ele o pioneiro tanajuro português a desembarcar no Brasil.

— Giselda, com meus mais de muitos anos de experiência vivida na terra dos brejos, nunca ouvi falar e nem sabia que formigas falavam. E mais, esse negócio de tanajuro não existe. Sempre ouvi tanajura. E as respeito muito porque já vi com estes olhos que os reis sapos me deram, milhares de vocês carregando girinos inofensivos adormecidos à beira de um açude. Uma tragédia, um genocídio brutal contra seres indefesos e inofensivos. Uma catástrofe só comparada com o grande levante das cobras em 1896 contra os sapos na fazenda do Seu Zé Ninguém. E agora, se alguém pode dar uma resposta à altura, este alguém sou eu. E começando por você.

— Oh, não faça isso — implorou Giselda. — Só parei aqui porque estava cansada. Cansada e triste.

— Triste? Triste com o quê? — perguntou o sapo já com o coração amolecido como sua pele.

— Porque eu descobri que não sei como é a voz das formigas.

— Mas você não está conversando comigo?

— Estou — disse Giselda — um pouco encabulada. Mas eu queria ser cantora e não sei cantar. — E emendou: — Não podemos ser amigos?

— Um sapo amigo de uma formiga? De jeito nenhum. Nunca vi isso em nenhuma fábula.

— Eu também não, mas podemos começar uma história que vai virar uma tradição. Aqui, perto do charco do sapo, do sapo... Como é que é mesmo o seu nome?

— Ariovaldo. E detesto meu nome e não se fala mais nisso. Coisa da minha mãe. Ela se chamava Arineia e meu pai Deovaldo. Pode me chamar de Ari. Prefiro.

— Pois é, do famoso Sapo Ariovaldo, perdão, Ari, aqui neste charco iniciou-se a mais longa e tradicional amizade entre a realeza-formigal-portuguesa com a família de Dom Sapo Ari.

O batráquio ficou todo orgulhoso com a honraria. Encheu seu papo e pôs-se alegre a cantar. Era um sapo-martelo. E aquilo já estava enchendo os ouvidos de Giselda quando ela teve uma ideia brilhante.

— Ari, você me faria um favorzinho, meu bem? — disse Giselda, toda açucarada (este tipo ela bem sabia fazer) e dengosa.

— Sim, qual, Gisa?

Nossa! Quanta intimidade!, pensou Giselda.

— Será que você em um ou dois pulinhos não me levaria até o canavial?

— Claro, minha rainha. Segure-se que rapidinho estaremos lá.

E Ariovaldo chafurdou-se com Giselda pelo meio do brejo cortando caminho até se depararem com o maior canavial que Giselda já havia visto. Aquilo era comida para alimentar todo o formigueiro por muitos e muitos anos.

E de um único pulo Giselda saiu das costas de seu amigo caindo em terra firme. Sem precisar dar mais do que 1159 passos, alcançou um lindo pé de cana. E pôs-se a trabalhar sem descanso por mais de duas horas. Ari ficou ali sem dar um pulo, até que zás! O pé de cana veio abaixo.

– Agora você me ajude que eu vou levar o pé inteirinho lá para o formigueiro. Vou mostrar a eles o quanto sou capaz. Eles duvidaram de que eu não conseguiria encontrar açúcar nenhum. Pois vou dar-lhes uma resposta.

– E você quer que eu te carregue com este enorme pé de cana até seu Real Formigueiro Imperial Português?

– Sim – disse Giselda, decidida. – Sim, senhor – voltou a repetir. – Pode ir como o senhor quiser. Coaxando, pulando, mas vamos lá. Eu seguro com minhas garras o pé de cana e o senhor nos transporta. No fim, será bem recompensado.

Sem bem entender que recompensa seria, mas não ousando discordar da decidida formiga, foi assim que se iniciaram dois grandes ciclos naquela região: o da grande amizade entre batráquios e formigas, e o que ficou conhecido como "A Grande Devastação do Canavial".

Giselda virou rainha, casou-se com trezentos e oitenta e cinco formigos e foi feliz para sempre.

Fim

10

Quando Lívia acabou de contar a história para o pai, a enfermeira teve que socorrê-lo: Santiago chorou tanto que começou a engasgar. Por que ele está assim, Conceição? Sua mãe havia contratado a Conceição, entre outras enfermeiras, para fazer rodízio no cuidado a Santiago. Conceição, mesmo sendo enfermeira-chefe, deu um jeito de ficar num plantão de doze horas por trinta e seis. Foi dela que Lívia ficou "amiga" no segundo dia do hospital. É emoção, minha menina. Seu pai ficou emocionado com a sua história. Até eu que nem ouvi direito fiquei emocionada com a história da formiga Giselda e do sapo Ari. Você ouviu? Sim. Ouvi quase tudo. Mas será que papai não gostou? Claro que sim, Lívia. Ele adorou. Escreva outras, conte outras para ele. Foi a emoção de sua primeira história que o deixou tão feliz. Escreva muitas outras que ele vai adorar, aliás, todos nós vamos vibrar com suas histórias.

Então eu já sei o que vou ser quando crescer, serei escritora de histórias para meu pai. Você já está escrevendo e nem precisou crescer muito. Nem faz tanto tempo você tinha sete e agora você já tem quase nove. Ano que vem, fará dez. Uma mocinha muito linda. Eu percebia sim algumas modificações, ainda leves, mas sensíveis, em meu corpo. Não sei se era a natureza ou algum desenvolvimento precoce. Dizem que um trauma faz com que a gente amadureça mais rápido. Meu corpo amanhece mais cedo do que eu? Ainda sou ontem para o meu corpo de amanhã? Ou é o hoje que é depressa demais e não vi raiar meus contornos, meus seios, meus quadris que teimam em se alargar? Meu corpo acompanha minha cabeça? Com certeza que não. Sinto-me com bem mais idade do que tenho. Gostaria já de discutir as histórias que crio com outras meninas que escrevem. Não gosto do que a maioria gosta na minha idade. Música? Sempre gostei de MPB. Influências da minha mãe e fortes resquícios do que meu pai sempre ouviu. Hoje, coloco músicas do meu iPod para ele escutar. Sei que gosta porque papai mexe bastante com os olhos. Aprendemos a conversar pelo olhar. Recentemente, revi um filme que pensei tanto no papai que chorei: *O escafandro e a borboleta*. Vi muitas semelhanças entre a sua história e a de Jean-Dominique Bauby, o personagem principal do filme, real como meu pai. E, igualmente imóvel como ele. Pedi à mamãe para comprar esse filme. Quero rever inúmeras vezes e aprender a linguagem dos olhos para conversar com papai. Quer dizer, não é que não converse, mas quero conversar ainda mais. De outras maneiras. Reinventar sua vida através de outras possibilidades. Recriar palavras, descobrir outras ainda não inventadas. Palavras que serão só compartilhadas entre nós dois. Segredos entre uma filha e seu pai.

Pai, preciso te contar uma coisa. Pai? Está dormindo? Ah, que bom. Abriu os olhos. Sou eu, sua Lili, a que adora dar beijos em suas bochechas. Pai, preciso te contar uma coisa que ainda não tive coragem de contar pra mamãe. Hoje na aula o Pablo disse que sou linda. Fiquei vermelha de vergonha, mas no fundo gostei. Minhas amigas ficaram morrendo de ciúmes porque ele é o menino mais bonito da turma. Aliás, do colégio inteiro. Não, não quero namorar ninguém agora. Pode ficar tranquilo, paizinho. Só quero te namorar, viu? Aquilo fazia sentido? Procurava sentidos nas palavras que lhe dizia. Eram palavras ofertadas no vento de uma saudade que dia a dia lançava poeira em meus olhos e apertava o peito com um nó cego. Górdio, como se diz. Quanto mais crescia e lhe contava coisas, mais sentia a sua falta em compartilhar meus achados e, principalmente, quando me perdia. Ah, nisso eu era mestra. Tanto me perdia quanto perdia coisas. Nesses dias que correm, mamãe cansa de não achar meus lápis, canetas, borrachas e, em especial, minha agenda. Escrevo muito nela, deixo recados para mim mesma, pequenos avisos que tentam me proteger dos meus esquecimentos. Nasci com uma espécie de desaviso sobre mim, sempre desavisada de quem sou. Por isso, volta e meia tropeço nas franjas da vida, em meus desconhecimentos. Mas não me aborreço com isso. Penso no meu pai. Ele deve estar sofrendo mais: sempre. Meu pai é minha medida para a vida e meu melhor interlocutor. Responde com seus olhos e seu silêncio interrogativo, me convocando ao máximo de mim mesma. Nunca é suficiente o que faço. Preciso fazer mais e mais. Reparo que para algumas coisas estou ficando exigente. Mas, como nem sempre consigo o que quero, também me frustro com velocidade espantosa. Sigo insatisfeita. Insatisfação talvez seja uma marca constante e começo a perceber que pode estar relacionada ao rigor da exigência. Tenho minhas razões justificáveis: espero sempre que meu pai se restabeleça. Preciso conversar com ele. Não passo um dia sem que venha ao lado de sua cama e converse qualquer coisa.

Sou tagarela, falo por mim e por ele. Quando era bem menor, minha mãe me chamava de "Torneirinha de Asneiras", como a Emília do Sítio do Pica-Pau Amarelo. Tenho uma vontade de saber absurdamente tudo sobre o mundo. Quem sabe por isso pergunte tanto. Sempre tive essa mania de perguntar e querer saber as respostas para os enigmas da vida. Ai, e são tantos. Todo dia, aparece um novo. Assim, me perco numa ilusão insustentável. Mas tenho descoberto que, toda vez que me perco, é uma chance de cair em devaneios imaginativos, o que é ótimo para minhas histórias. Nas margens da vida deambulo, invento, crio enredos e outros personagens. Às vezes, penso que vou ficar louca. Mamãe me disse que ela tem um irmão louco, que mora com outro tio no interior do Paraná. Não o conheço. Não conheço a loucura. O desconhecido me põe medo. Gosto das coisas das quais posso saber alguma coisa. Não consigo saber nada sobre a loucura. O louco mata a gente ou foi só a vida dele que o matou em seu desvario? Engraçado. Ao mesmo tempo em que o desconhecido me põe medo, sou fascinada pelo que há de vir, pelas descobertas, como se o acaso batesse sempre à minha porta e o imprevisível fosse um soluço engasgado na garganta. Mas a emoção é um estado bom. O susto desestabiliza e nos leva a lugares inimagináveis. A alegria parece vir daí. A alegria do espanto. Nem sempre a alegria vem de coisas já sabidas. Minha alegria chega num desvão, num desnível absurdo que me provoca terremotos. Abalos sísmicos é minha especialidade. A terra do meu corpo treme e, assim, me faz avançar. Se não me abalasse, permaneceria imóvel, mas já tenho meu pai que é.

Preciso me movimentar; por mim e por ele. Sou, serei sempre suas pernas inventadas nos meus transbordamentos. Sou, serei sempre a alegria que lhe falta, a tristeza de suas mãos enfraquecendo, a palavra por dizer. Sou uma palavra. Como não digo qual, posso ser muitas; camaleônica. Não sou uma pergunta, como já li em Clarice Lispector. Sou uma palavra. Todas ou quase, porque o tudo não me basta. Fui feita, paizinho (e nesta hora toco seu rosto, sua barba que, com extremo cuidado, tenho aprendido a fazer), do melhor que há em ti. Fui feita de um pergaminho onde você escreveu suas melhores e mais incríveis palavras, que me brotam através dos seus poros, da sua pele macia, dos seus olhos enigmáticos que tanto me dizem. Seus olhos que ao decifrá-los vou me reinventando. A interpretação desses olhos é um desafio constante e diário. Será que acerto ou tenho errado mais do que a vida permite e vou ser reprovada na última prova quando a vida vier me cobrar o aprendizado? Aí estou nas margens da alegria, nas franjas do desconhecido e quando menos sou. A palavra enigma não é um enigma. Já é uma palavra bem conhecida por mim. Mas há algumas palavras que ainda não sei e espero ouvi-las um dia de sua boca. Para essas, nunca estou preparada, me falta a respiração, meu peito bate descompassado como se tivesse acabado de competir uma maratona ou sido jogada de paraquedas de um avião em chamas. Mas, paizinho, esse avião em chamas também sou eu em meu mundo. Queimo-me num contradilúvio, como se a terra fosse ficando cada vez mais árida. Só areia que avança, como uma orquestra que não desafina. Porém, uma sinfonia inacabada, em constante elaboração. Nota por nota. Acorde por acorde. Com todos os naipes sendo exigidos ao máximo. A tensão das cordas – quase a arrebentar – no limiar de sua afinação. Isso impõe silêncios que, entre as notas, são também a própria música. Silêncios ao meu redor. Sou uma música, uma torção a mais numa cravelha ou uma torção a menos e, pronto, aí é o ponto da desafinação. Por isso, a tensão constante e a tentação de ir até o limiar de cada nota, como se, para isso, o arco soubesse a força necessária para tanger as cordas sem a mão que a empurra. Papai é assim. Ele sabe sem suas mãos, sem seu corpo. Ele sabe e o que ele sabe me ensina.

Sou, literalmente, o arco de seus pensamentos e a menina de seus olhos. Assim como também sou cada músculo de seu corpo adormecido e a nota desfalecida em meu corpo inacabado. Menstruei.

Mamãe começou a trabalhar num escritório de advocacia. Finalmente, fez valer seu curso de direito. Foi um amigo dela que conseguiu. Joaquim e Juliana não tiveram filhos. Os dois eram advogados e amigos de papai e mamãe. Ela faleceu num acidente de carro. Estava voltando para casa quando o carro derrapou na chuva e bateu contra uma árvore. Dizem que a árvore se partiu ao meio. Morte instantânea. Por que as pessoas morrem? Quanto tempo dura uma vida? Papai vai morrer? Eu vou morrer? Se nós dois morrermos, estaremos eternamente juntos no céu? Os olhos da menina transbordaram.

Joaquim casou-se novamente, teve três filhos e agora estava separado. Mas eu ainda não conheço seus filhos.

Estranho, mamãe me diz coisas sobre a minha feminilidade e, assim, sinto-me como se ela adivinhasse meus estranhamentos, mas parece que há algo que vem daqui. De onde? Do lado da cama de papai. Algo que não sei bem o que é. Mas sem dúvida é dele. Enigmas por desfrutar. Deleite que me regozijo em notas por tocar. Onde está meu corpo? Onde começo e acabo? Onde sou eu e onde é ele? Cada espaço do mundo, cada fresta desconhecida, cada curva que me assombra, cada naco de ar que me rodeia, são infinitas possibilidades de tocar com meu corpo ou, melhor do que isso: com minhas palavras. Sinto que as palavras cumprem um destino novo e quase independente de mim. Minhas palavras sobem rios, atravessam montanhas, engasgam diante de certos olhares dos meninos, hieroglifam diante do meu corpo no espelho, respondem perguntas que nem sei, rimam e fazem versos, escalam sonhos, desafinam ou se afinam solitários. Evoco outras palavras: nos livros e na minha leitura sobre o mundo que devoro devagar, mas com incrível tenacidade. Começo a descobrir que o mundo deve ser lido. Ele não possui legendas, mas precisamos aprender a lê-lo. Ler as gaivotas pipilando, os velhinhos atravessando uma rua movimentada, os olhos assustados de uma criança, o barulho das ondas, o olhar do Pablo na escola, as roupas das outras meninas, meu corpo que começa a se ondular. O sangue escorrendo em mim. Preciso contar para minha mãe. Ela já havia conversado comigo. Você vai virar mocinha. Pronto. Então já sou. Agora, não sei o que faço com isto de ser mocinha. Ah, tanta coisa para ler. E faço isso sempre: quieta, devagar, mas com certa ousadia. Ah, essa ousadia tenho de sobra. Percebo que frequentemente eu sou só o violino, o instrumento no qual as palavras tangem sons que me enlevam a alma e me reconstroem num constante *vibrato*. Notas que fazem tremer (aquele terremoto?) o corpo e sentir a vida que pulsa e me fazem sentir viva. O desassossego da vida tange a dureza das cordas de aço: isto me solfeja notas que desconhecia. Ora sou uma, ora sou outra. Tensão da corda, envergadura do arco. Áspera e macia. Agressiva e serena. Estou me tornando uma pessoa que se revela e renova. E me transbordo. Estou me tornando o que nem sei. Papai, a cada dia há uma outra de mim, como cascas de cebola a desfolhar. Choro (e não é por causa do tubérculo). Meu choro é miúdo, como o daquela "tarde da Amarelinha", como passei a chamar o dia fatídico. Mas serei sempre a mesma. Sua filhinha. Você me entende, pai? Papai? Você está me ouvindo? Paizinho?

11

Os dias seguiam febris. Minha vontade de caminhar ao lado de meu pai aumentava com minha idade. Transbordavam meus primeiros hormônios da pré-adolescência. Os grãos brancos de areia, alvos como a lua, no entanto, estavam temperados por um sol escaldante. Encharcavam meus olhos sem peneirar na bateia a diferença entre a saudade e os grãos dourados na esperança. Meu coração de menina confundia sentimentos e batia arredio, alheio à minha vontade. Papai levantou. Dei-lhe minha mão direita. Era a melhor para aquele momento. Fui eu que o segurei com força. Não ele, como costumava fazer. Toda força que um amor de filha pode ter. Calcei-lhe os chinelos, e juntos, sempre de mãos dadas, atravessamos o quarto, passamos pela soleira da porta (que mais parecia um umbral que se descortinava para o novo mundo), alcançamos a cozinha e três passos depois estávamos no quintal. Olhamos quase que ao mesmo tempo e inadvertidamente para o sol que reluzia entre poucas nuvens para além das montanhas. A brevidade da cegueira não nos intimidou. Avançamos resolutos para a

Amarelinha riscada por mim. Estávamos a poucos passos do riscado quando um vento forte levantou um tufo enorme de areia e varreu todas as ilusões. Cegos em nossos desejos, giramos deambulantes pelo quintal em busca do jogo dos meus sonhos. Tropeçamos algumas vezes, assim como se faz em plena vida quando se decide vivê-la por inteiro. E eu estava decidida que minha vida não seria pela metade. Ou melhor, além de mim eu seria a outra parte faltante de meu pai: suas pernas para viajar, seus braços para me abraçar, seu colo para acolher o mundo e, principalmente, seus olhos para laçar horizontes. Rodopiamos zonzos naquele vendaval. Eu estava sozinha. Tudo tinha sido um breve desfraldar de ilusão.

Comecei a ficar enjoada e vomitei. Mamãe correu ao banheiro. Eu sangrava. Pela segunda vez, o sangue corria fino entre minhas pernas. Eu disse não, não quero deixar de ser criança. Mamãe sorriu feliz. A vida indicava mudanças, ela disse. Uma nova etapa se inicia daqui para frente em sua vida. Vou te levar à minha ginecologista. Temos muito que conversar. Você está linda, filha. Você já é uma mocinha! Como eu poderia estar linda? Tinha acabado de vomitar e sangrava. Ah, que nojo. E, ainda por cima, estava deixando de ser criança. Deixaria o meu pai para trás? A dúvida irrompia seca, sem que eu consentisse, em meu coração.

A areia avançava solidamente para dentro do quarto. Ele? Continuava imóvel. Eu permanecia numa turbulência estática em minhas sensações. Era uma areia fina, insidiosa, a lamber-lhe as pernas da existência. A vida pulsava destemperada. Não havia conchas para ouvir o barulho das ondas nem estrelas do mar para ver o céu do oceano. Acreditava que as estrelas do mar haviam caído por descuido de alguma galáxia. Certa vez, minha mãe me disse que o mar estava aprisionado dentro das conchas e, para se ter certeza disso, era só encostar os ouvidos que escutaríamos o barulho das ondas a quebrar espumas na areia da praia. Quando descobri que o copo também possuía o mar, esvaziei algumas fantasias. Mas, desde então, pedi a minha mãe para comprar uma concha enorme e encosto sempre no ouvido de papai para ele sentir o barulho do mar. Fantasia por verdade. Quero que ele acredite que eu ainda acredito: infância resguardada na memória que pouco a pouco construo. Ali, era a areia seca que avançava quarto adentro. Assim, tudo junto e sem lugar para metáforas. Às vezes, estava bem próxima à cama de papai e percebia, na doce firmeza de seus olhos, que ele me fitava atento, como se me estudasse as formas e os movimentos que eu ia ganhando. Eu crescia a olhos vistos, como se diz. Eu crescia diante de seus olhos. Diante de seus olhos eu crescia, o que não é absolutamente a mesma coisa. Só ele e eu sabíamos que era assim. Esta interlocução pertencia a um mundo só nosso. Eu o olhava, mas sabia que era olhada. Então eu me via nos olhos dele e vice-versa. Só eu e ele, em nossa cumplicidade, sabíamos destes códigos, pois possuíamos uma comunicação interna, intensa e amorosa. Canal livre que transformava minhas páginas em seu livro por escrever. Corpo docemente aprisionado em suas metáforas. Corpo quase-ainda-infantil que pulava capítulos de mim mesma quando não sabia sobre as trilhas vindouras. Eu era fértil em não saber. A insciência era apenas o prolongamento dos meus braços. Vou fechar os olhos por hoje, mas nunca por você. Por você não adormeço nunca, tá, pai? Pai? Você está me escutando? Sou eu, sua filha querida...

12

Durante uma semana inteira Lívia teve uma série de sonhos. Era como se tudo que nela não coubesse começasse a transbordar. Ela raramente lembrava de seus sonhos, mas agora tudo parecia se encaixar com perfeição em sua história. Talvez fosse efeito daquele encontro com a analista. Eram novos enigmas que surgiam em seu mundo e que careciam de decifração.

Lembranças Noturnas:

A fragilidade da flor
De noite, Lívia sofreu turbulências: sonhou muito. Sonhou que era uma flor. Flor do campo. Repleta e inundada na felicidade e, na ânsia de querer se conhecer por inteira, despetalou-se com rápida delicadeza. Porém, na pressa, esqueceu se a última pétala que lhe restara era um "bem" ou "mal" me quer. Ficou triste dentro do sonho. Não sabia sobre a última pétala do dizer.

Livro da vida

Quando Lívia mergulhou na imensidão azul de sua cama, jamais imaginou encontrar um livro que abrisse o mundo em dois: de um lado morava um rosto misterioso que a chamava para desfrutar uma língua mágica e estranha na qual se falava sobre uma parte do mundo que ela desconhecia e, de outro, páginas que revelavam com enorme clareza seus medos atávicos. Quis fugir dela mesma, mas dormiu e sonhou um sonho dentro do outro. Sonhou que era uma fada sem poderes mágicos. Li Hao era filha de coreanos. Seus pais haviam fugido da Coreia do Sul na guerra contra a Coreia do Norte. No navio que primeiramente os levaria para a Índia, Li Hao conheceu uma velha senhora que tinha poderes mágicos. Já estava à beira da morte deitada no tombadilho quando se deu o encontro entre a menina e a anciã. Li Hao tropeçou no enorme nariz da velha e caiu por cima dela. Na troca assustada dos olhares, rapidamente a bruxa soube que ela ia ser sua sucessora e disse um feitiço para a menina: "Quando cresceres saberás que nos olhos de seu pai encontrarás a luminosidade para te conduzir pelas noturnas veredas da vida." E foi só. Li Hao, que na verdade era Lívia-em-sonho, acordou sem saber como encontrar tal lanterna nos olhos do pai. Lívia crescia em seus desejos para longe de seu pai, era um de seus medos, mesmo enquanto dormia. Já não era mais menina. Agora, em seus sonhos também se intrometiam outros desejos de mulher.

O medo de amar

1 - Estava passeando por uma grande alameda na saída da escola quando os olhares se cruzaram. Foi inevitável. Não pôde desviar o olhar. Não pôde desviar seu coração. Lívia quis pela primeira vez amar, mas não encontrou força em seus olhos para deixar de namorar suas fantasias infantis. Sorriu encabulada, ajeitou o vestido curto que revelava suas pernas grossas (sentiu isso pela primeira vez) e, como ainda estava próxima de si, envergonhada, pulou a pequena cerca-viva de sua casa e voltou a brincar de Amarelinha. Pablo seguiu seu caminho pela calçada sem conseguir olhar para trás.

Cantiga de ninar

2 - Navegava num barco pequenino no meio de um lindo lago cercado por campos verdes de um lado, um pequeno riacho que desaguava nele e, do outro, árvores enormes que quase tocavam o céu. Foi quando um vento muito forte soprou e as árvores começaram a falar, com vozes estranhas e entoando canções numa língua desconhecida. Lívia teve medo, mas imediatamente lembrou de uma música que seu pai cantava:

"Alecrim, alecrim dourado que nasceu no campo sem ser semeado." E os ventos então magicamente cessaram e as árvores diminuíram de tamanho e os campos viraram flores com cheiros de alecrim. A voz de um pai sossega as turbulências da alma. Agora, a voz de seu pai ecoava docemente triste somente em sonhos.

Tenho aprendido que nem tudo tem explicação. Certas coisas vão ficar para sempre sem uma interpretação que as esclareça, pois a vida em muitos momentos é indecifrável.
Na minha relação com o meu pai, se a vida pesa, invento histórias para amenizar o nosso sofrimento.

13

Histórias para papai – A princesa e o luar

Num castelo distante, distante até para a imaginação, vivia Tãobela, uma princesinha que adorava a lua. Todas as noites, Tãobela descia de seu quarto por uma escada de 239 degraus, atravessava os seis enormes salões, passava por mais uma saleta, abria uma porta mágica e saía pelos arredores do castelo com uma pequenina rede branca feita de filó, presa a uma vara, para caçar a lua. Tãobela, minha filha, dizia sua mãe, você vive no mundo da lua. Não era zanga, era coração de mãe que espreitava com antiga sabedoria sobre as sombras que a noite dos desejos traz. Mas Tãobela era irradiante e teimosa como o sol que não se cansa de aparecer.

Os dias, os meses e os anos foram passando, Tãobela crescendo e nada de conseguir pegar a lua. Mas eis que numa noite de lua cheia, quando Tãobela estava mais bela do que nunca, a princesinha, que sabia onde nascia a lua (era por trás de uma montanha bem alta), resolveu que ia pôr um fim àquela insana caçada. Ou ela pegava a lua de jeito ou desistia de uma vez. E se arrumou com total esmero. Penteou os longos cabelos, colocou uma linda tiara de princesa, vestiu seu lindo vestido rendado de baile e, descalça, porque gostava de andar pisando na terra, saiu ao encalço do seu desejo. Havia certa aflição dentro do seu peito e o coração batia de um jeito que desconhecia. Como se ela soubesse que aquele seria seu grande dia. Quer dizer, sua grande noite. E saiu com sua rede de filó em punho. Passou por uma pequena ponte sobre um riacho, conversou com uns vaga-lumes, atravessou duzentas e vinte e seis florestas e, finalmente, começou a subida da grande montanha da lua. Tãobela achava que se subisse rápido a montanha chegaria a tempo de poder pegá-la. Mas eis que no meio do caminho apareceu-lhe um jovem. Diante de sua pergunta, ela contou o que vinha fazer, mas não revelou a princesa que era. Ele achou graça e disse que queria ajudar. Engraçado, ela disse. Até hoje nunca recebi ajuda de ninguém, só me diziam que era tolice e que deveria desistir dessas fantasias sem pé nem cabeça, que tudo não passava de fruto da minha imaginação. Ora essa, caçar lua. Mas isso é coisa muito séria, respondeu o jovem. Não sabia que era sério, só divertido, retrucou Tãobela, com um sorriso em seus olhos que desconhecia. Ela lhe perguntou o nome, ao que ele respondeu: Tãoseu. E disse: Você nunca mais vai precisar caçar a lua, todo dia vou pegá-la e a darei para você.

Assim, noite após noite, Tãobela e Tãoseu encontravam-se para compartilhar os dias e as luas.

Casaram-se, tiveram filhos e foram felizes para sempre.

Lembrei de escrever este final por causa de um livro que vi na mesa de cabeceira da minha mãe e tinha uma frase mais ou menos assim: "E depois? O que aconteceu depois que foram felizes para sempre?"

14

Algumas vezes, certas luminosidades trazem mais assombros do que transparências. Foi assim que aquela manhã de domingo se iniciou. Banhada em suntuosas e douradas luzes do outono. Corri até o quarto de papai. A enfermeira já havia lhe dado banho, feito a barba e o rosto dele me pareceu o mais bonito do mundo. Meu pai sempre foi um homem bonito. E não pensem que é coisa de filha, não. Um dia, passeando com ele na praia, uma mulher horrível (todas as mulheres que dão em cima do meu pai são umas bruxas) disse gracinhas para ele. Será que aquela sem noção não viu que ele estava com sua filha? Não lembro o que aquela mulher de minúsculo biquíni falou, mas minha vontade foi de afogá-la ali mesmo. Teria eu mais idade e aconteceria o primeiro biquinicídio em Búzios. Na volta à barraca, meu pai imediatamente falou para eu tomar um picolé. Creio que aquele foi nosso primeiro grande segredo. E, como que para se desculpar com mamãe, abaixou-se até onde ela estava sentada e deu-lhe um longo e demorado beijo. Éramos uma família feliz naquela luminosa manhã na praia de Geribá. Almoçamos batata frita, água de coco, picolés, mais água de coco, peixe com rodelas de tomate, suco de laranja e mais picolés. Saímos da praia ao entardecer e fomos direto para nossa pousada. Estava exausta. Minha mãe me ajudou no banho enquanto papai escolhia um livro a fim de ler para mim. Você aí? Está com ciúmes? Filha única tem estas regalias de pai e mãe. De pijama curtinho e cabelo ainda um pouco molhado, deitei para ouvir a história que meu pai ia me contar. Mas meu pai não estava ali no quarto.

San? San, querido. Cadê você? Minha mãe chamou quem não estava. Encontrava-se à beira da piscina conversando com a dona daquele mesmo biquíni horroroso. Não demorou nem dois minutos e voltou quando deu conosco na soleira da porta do quarto. E o fuzilávamos com o mesmo olhar. O seu foi de espanto quando nos viu. Corou. O que você estava fazendo conversando com aquela mulherzinha ordinária? Silêncio, sons inaudíveis e choros abafados no outro quarto. Ela estava hospedada em nossa pousada. Foi a única coisa que consegui escutar. Fingi que estava dormindo. Naquela noite, fui dormir sem ouvir histórias. Já havia história demais para um único dia. Tive sonhos estranhos. Sonhei que todos os peixes se afogavam. Ao longe, descobria de quem era a culpa: via um rabo enorme de sereia que aparecia e sumia no horizonte e mexia tanto o mar, com tantas ondas e com tanta fúria, que fazia com que todos os peixes se afogassem.

Naquela manhã de domingo, recontei essa história a papai. Ele piscou duas vezes, o que significava que havia concordado com o que eu havia lembrado. Minha mãe me chamou para tomar café. Mas eu não queria sair dali. Percebia em mim uma luminosidade diferente. Não era só a luz de fora que entrava solta pela janela, meu corpo também se soltava de suas amarras infantis. Eu percebia a minha silhueta e as curvas floresciam primaveras em pleno outono. Eu desabrochava para o mundo. Estremecia, mas era bom o correr de um frio na espinha. Não raro, nessas horas, posava para meu pai como se ele fosse um artista, e eu, sua musa. Musa única. Queria que seu coração me visse crescendo. Parava propositalmente em várias posições como se fosse uma estátua. Poderia ficar ali durante muito tempo numa mesma posição. Horas, até. Se ele podia, por que eu não? Que ele me notasse de perfil, de costas, inclinada perto da janela com os raios de sol a aquecer meus longos cabelos que escorriam levemente ondulados até o meio das costas. Ele imóvel, eu idem. Ele sem me comunicar nada e eu dizendo tudo a ele: como é bonito, como eu gosto dele, como adoro suas mãos grandes, peludas em seu dorso, seu jeito meigo quando me sorria por algo engraçado que fazia. Lembro que rolava grama abaixo num declive suave que tinha quase ao final do quintal. Quando chegava embaixo, estava com os cabelos cheios de grama e com o corpo coçando. Mas estava/estávamos felizes, banhados nas margens da alegria. Eu/ele nos divertíamos com as pequenas coisas da vida, pequenas travessuras entre pai e filha, pequenas coisas que uma filha faz para ver a alegria estampada no rosto de seu pai. Espelhos d'alma, como se diz.

Nos feriados, íamos para um hotel-fazenda que tinha um lindo rio de pedras lisinhas que descia pelas encostas dos barrancos. Ali, encostada na felicidade, passeávamos pelo rio catando pedrinhas. Minha mãe, sentada também às suas margens, sorria docemente no prazer que sentia em nos ver felizes. Sem ela, eu não existiria, mas sem meu pai eu não seria. E ser é diferente de existir. Uma existência sem seu ser não é nada. Ou seja, naqueles dias, eu era a encarnação da completude de meus pais. Ele dizia que eu era a pedrinha mais preciosa de seu reino. Sua princesinha. Mas agora, neste domingo que apenas se iniciava, eu era, nós éramos, cada um a seu modo, uma pedra. Na dura contemplação macia que uma pedra pode ter. Imóvel como quer o mundo, para que ele possa continuar girando ao redor de nossos olhares, encravados na terra de nossas incertezas, areia escaldante que avança quarto adentro. Banhados pelo sol que nos aquecia, aguados pelos temporais que nos transbordavam, castigados pelo frio que nos deixava inquietos. Mãos tremeluzentes que afastavam perigos, embora para sempre pedras. Imóveis. Luminosidades que nos cegavam para arredores. Nesses momentos, mesmo sem me mexer, conversava bastante com ele. Ouvia-me? Decerto que sim, mamãe dizia, sempre meiga e acolhedora. Isso me tranquilizava. Agora, era a voz de minha mãe que aquecia inconstâncias. Às vezes, tinha dúvidas se ele me ouvia. Ficava triste, angustiada. Fim de um enorme precipício. Noutras vezes, era tomada por um vazio cheio de nadas. Nenhum sentimento me possuía. Só chorava. Baixinho. Quieta em meu canto para que ele não percebesse. Queria que de mim só percebesse alegrias. Era a cor da beleza do mundo que deveria ver através de meus olhos, de minhas palavras. Que as turvações ficassem porta afora. Mas, mesmo assim, eu crescia em delicadezas femininas: graciosas, comentavam. Eu era ele no mundo. Estávamos fixos um no outro. Espelhos d'alma, já disse. Mamãe me chamou novamente para tomar café. Por sua vez, ela era o mundo em mim. Aprendia o nome das coisas que não têm nome. Sentimentalidades indefinidas. Descobria uma mãe feminina: doce alegria. Estava triste em seu semiluto, mas não demonstrava amargura. Ao contrário, mostrava-se sagaz, inteligente e determinada em relação à vida. Filha, vem tomar café! Dessa vez, fui.

15

Desde o fatídico dia em que caí no chão da cozinha, não paro de pensar nas minhas meninas. Tudo anda muito difícil dentro da minha cabeça. Quero organizar o pensamento, mas meu mundo me parece frágil como bolhas de sabão numa tempestade de areia. Ainda bem que nem todos os dias são assim. Hoje, por exemplo, acordei melhor. O pensamento está mais lúcido. Vejo as coisas menos embaçadas. O tempo da memória parece que vai cicatrizando as lacunas e ganhando contornos mais definíveis. Tudo é apenas o presente. Vivo o agora. A psicóloga que uma vez por semana vem aqui me avisa sobre isso, ou seja, que devo viver um dia após o outro. Todo mundo teoricamente sabe disso, mas na prática parece ser a coisa mais difícil a ser feita.

Se tudo é o hoje, desenvolvi um pensamento assim: lembrança passada das coisas presentes, visão presente das coisas atuais e esperança presente das coisas futuras. Lembrança, presença e esperança. Tenho todo o tempo do mundo para elaborar ideias como essas. Aliás, tudo o que eu tenho é o pensamento. Então, trato de desenvolvê-lo da melhor maneira. Só que ninguém sabe disso. Não consigo dizer para ninguém o que penso ou sinto. Há uma solidão que grita dentro de mim e parece que só minha querida Lívia é quem se aproxima mais de perceber como realmente sou. Sou aquilo que penso e não necessariamente como vivo. Há dias em que o meu pensamento é ágil e claro. O mundo faz sentido e nexo. Existir torna-se uma dádiva. Como hoje. Então tudo parece que vai melhorar e vou levantar desta maldita cama. Mas a única coisa que se mexe são meus olhos. Olhos e pensamento. Este, então, não para. Ainda bem. Às vezes, penso tanto que acredito que meus pensamentos sejam só uma fantasia. Mas ao pensar realizo coisas.

A primeira que sempre penso é voltar a andar. Locomover-me, voltar às minhas atividades. Retornar ao jogo de Amarelinha com Lívia. Será que ela ainda quer? Vejo como dia a dia ela está crescida. Tenho dificuldade em discernir entre realidade e ficção. Volta e meia, o campo das percepções do tempo e do espaço me escapa. Crio então um mundo à parte, uma espécie de universo paralelo onde tudo é possível. Isso é um exercício, espécie de parque de diversões mental. Neste mundo as pessoas voam, gravitam como astros em torno de outras pessoas. Quem entra no mar não afunda, as praias são limpas, as águas transparentes, são abertas e fechadas trilhas nas matas de acordo com nossas necessidades. Nesta terra inventada, a natureza ainda é uma criança a engatinhar que mal sabe provocar ventos fortes. Furacões, ciclones e tufões, nem pensar. Nem Deus ainda existe. É um mundo perfeito, sem culpas nem pecados, muito menos medos. O resto é paralisia, apenas um monte de carne amolecendo com o passar do tempo. Um corpo que dói, uma escara que me ameaça feito um tigre de dentes afiados. Um feixe de lenha amarrado que vai apodrecendo na chuva e no calor dos dias. Alguém chega, me dá banho, troca minha roupa, coloca fraldas... Ai, como isso é repugnante, mas não sinto nada. Quero dizer, não sinto o meu corpo, pois dentro de mim sinto tudo o que se passa ao meu redor. Inclusive, ah, como gostaria de dizer isso a minha filhinha: eu a escuto. "Sim, papai a escuta" e me emociono de verdade com suas histórias, que me mantêm vivo mais do que todos os remédios e cuidados das enfermeiras.

Eu estava prestes a te ver, filha querida. Estava indo em sua direção. Queria te fazer uma surpresa. Queria chegar sem fazer barulho, mas olha o estrondo que causei em seu coração. Queria te ver pulando Amarelinha. Sabia que tinha sido você que havia riscado todas as dez casas na terra. Terra que quase me engoliu de vez. Quase sucumbi aos caprichos do destino antecipado. Vi que você estava a um passo de entrar no céu. E fui eu quem te impediu. Fui eu, ah, como me culpo, por ter estragado sua festa no céu. Você estava ali e eu, emocionado, na soleira da porta da cozinha a te olhar. Tão pequenina, tão frágil, minha menina. E fui eu quem se fragilizou, quem caiu por terra. Eu que deveria te proteger, como um bom pai tenta ser, cuidar de você. Agora, você é quem cuida de mim, quem suporta o peso da dor de minha existência. Você tinha apenas seis anos quando tudo isso começou.

Ah, como minha cabeça roda. Como meu mundo insiste em vaguear inconstante. Há luz e sombras, como se minha memória fosse uma lâmpada prestes a se apagar, um filamento que de tão usado vai queimar. Sou um fio desencapado a receber os últimos impulsos elétricos do cérebro. Acordo, durmo, lembro, esqueço quem sou, onde estou, que dia é hoje, torno a dormir e a esquecer e a memória a embaralhar datas, fatos, rostos, sentimentos, situações. Sinto-me filho enfraquecido e não pai. Tenho vontade de te colocar no colo, abraçar e te levar pela mão a passear na areia da praia como você gostava que eu fizesse. Corríamos e daí suas perninhas não aguentavam acompanhar a corrida, então você se deixava cair e eu caía ao seu lado e rolávamos da areia até o mar. Pai e filha em pura comunhão de espíritos e as espumas do mar por testemunhar a areia em nossos corpos, o sorriso em nossos olhares.

Agora, eis-me aqui. Um pai imóvel que mal consegue se movimentar no pensamento, condensado a uma cama que se tornou seu mundo. Uma cama = um mundo. Camamundo. Uma condensação sem deslocamentos. Resta-me isso. Além, é claro, dos olhos e da beleza que vejo acontecer diante deles. Meus olhos que acompanham seu crescimento. Os cabelos penteados, você espichando, uma mulher bem defronte de mim. Sei que você sabe que te vejo e acompanho porque você em sua incansável doçura está sempre disposta a me mostrar seu mundo. O mundo de suas enormes transformações: as curvas do seu corpo, o crescimento de seus braços, pernas. Agora escuto dizerem que já tens o primeiro sutiã. E a primeira menstruação? Já veio? Ah, isso não sei. Mas também sei que isso é coisa que as meninas contam para suas mães. Enormes e misteriosas transformações. E você já deve ter contado para minha querida Katarina. Conte tudo para sua mãe, filha, ela sempre foi uma ótima mãe para você. Ela saberá te conduzir pelos caminhos da adolescência até a idade adulta. Eu queria também te acompanhar mais, mas te vejo daqui e te protejo em pensamento. É o que agora posso. Te vejo de longe, com meu coração. Agora, o remédio parece estar fazendo efeito. Espero que você chegue da escola antes que eu durma. Queria te ver ainda hoje. Te amo, filha. Tudo está escurecendo à minha volta. Todo dia é assim. A luz vai e volta dentro de mim. Te amo muito. Tenho sono. Tenho...

16

Karin chegou. Ela é alta, olhos verdes, sorriso largo e braços que me acolhem sem muito me tocar. Bom-dia! E seu sorriso já alegrou o dia. Karin é a nova enfermeira de papai. Karin Schneider. É filha de pai alemão. Ele só falava em alemão com ela. *Porr* isso gosta de *falarr* com sotaque germânico e certo modo melodioso de entoar a fala do recifense. Fico sabendo que seu pai casou com uma pernambucana, sua mãe. Karin nasceu em Olinda, uma cidade que já é encantada pelo nome. Veio para o Rio para cursar enfermagem. Nunca mais voltou. Seus pais morreram de acidente no mesmo dia em que morria Chico Science, um dos criadores do movimento Mangue Beat. Interrompo sua história para perguntar se ela sabia o que aconteceu ao meu pai.

A outra enfermeira me falou. Mas seria ótimo poder escutar da filha, pois com certeza tens um olhar diferenciado sobre seu pai.

Único, completei. E narrei desde o episódio da Amarelinha até os últimos acontecimentos. Nossa dor, nosso luto, nosso silêncio e, sobretudo, minhas histórias inventadas para preencher um hiato sem fim. Meu ou dele? Ambos, respondi sem pestanejar.

Ele gosta das tuas histórias?

Muito. Gosta muito. Eu sei pelo modo como pisca os olhos. Aprendi os códigos dos olhares de meu pai. Você sabia que a gente pode se comunicar só através dos olhos?

Sei. Bem, quer dizer, um olhar diz muito. Não é isso?

Não. Um olhar diz muito mais: ele cala, silencia, seduz, conforta, acolhe, consente, espanta-se, tem inveja (olhar de seca pimenteira. E ambas riram muito), pede socorro, sente frio, calor, angústia, desassossego e também chora ou sorri.

Puxa, nunca pensei num olhar desta maneira. Para mim, era mais simples. Lembro quando meu pai me olhava e eu sabia que ele estava zangado porque eu havia feito alguma coisa que ele não gostava. Então, bastava um olhar para saber o que queria. Minha mãe não era rígida, mas meu pai às vezes bebia e queria ser o dono da verdade e um moralista. A gente sentia de longe quando ele havia bebido. Sua expressão mudava, seu andar era cambaleante e ainda insistia em afirmar que tinha bebido pouco. Ficava com a cara vermelha e os olhos vidrados, embrutecido, estúpido, um horror. Nesses momentos, eu e minha mãe saíamos de perto dele. Quer dizer, eu ia para meu quarto, mas ela, coitada, tinha que aguentar todas as bobagens que um alcoólatra diz. Acho que fui ser enfermeira para cuidar dele.

Eu jamais quis ser enfermeira. Cuido do meu pai como filha. A única coisa que me incomoda é esta areia que avança cotidianamente quarto adentro. Por mais que eu me esforce em limpar, não consigo.

Areia? Me mostra?

Vem comigo. E peguei em sua mão forte, ao mesmo tempo macia e generosa como uma árvore frondosa que estende seus galhos para dar sombra aos peregrinos durante uma longa viagem.

Minhas mãos são as mãos do meu pai, disse sorrindo como se adivinhasse meu pensamento. Ele tinha esta mão enorme. Isso é ótimo para uma enfermeira quando tenho que manipular os pacientes ou virá-los na cama ou na maca. Eles se sentem confortados e acolhidos.

Aqui. Tá vendo? É esta areia. Lívia apontou para o canto esquerdo do quarto em que a janela dava para o pátio... Lá fora a Amarelinha havia continuado intacta. O tempo ficou congelado antes de ela entrar no céu.

Karin olhou fixamente para o lugar apontado por Lívia. E a menina continuou a contar sobre o incômodo da areia que não cessava de avançar, apesar dos esforços em varrê-la para fora do quarto. Continuava falando como se não tivesse visto o olhar de Karin, um olhar de espanto como se não quisesse acreditar no que não estava vendo. E, no entanto, existia. Sempre existiu. Lívia contou com detalhes que era a mesma areia que estava sob os seus pés quando estava pulando Amarelinha. Minha mãe nunca disse que não existia. Ela não queria te decepcionar. Uma areia amarelada que insistia em voar para seus olhos impedindo de mantê-los abertos.

À verdade e ao sol, disse Karin, não se pode olhar de frente.

É linda esta frase, mas eu quero enxergar toda a verdade sobre o meu pai.

Por isso você enxerga o que quer.

Como assim?

Mas... você não vê? Você não compreende? Esta areia...

E as palavras da enfermeira pareciam fazer querer desperdiçar o dia, pois nada daquilo fazia sentido diante de uma realidade tão óbvia quanto aquela. À verdade não se deve explicações. Ela é. Querer ir além é desterrar a palavra pai que se encontra tão bem guardada e zelosamente cuidada pela filha.

Esta areia só existe em você, disse Karin Schneider. Está em seus olhos machucando seu coração. É dentro de ti que precisas passar uma vassoura. Não no quarto que está tão limpo e arrumado.

Lívia saiu correndo para que o choro não a denunciasse com a verdade que ela insistia em distorcer. Encobrir com areia era a matéria ilusória do tempo que se esvaía sem piedade através do fino orifício da ampulheta.

17

A primeira vez que Lívia iniciou o longo e difícil corte daquele cordão umbilical que a unia ao pai foi através da lembrança. Justo a parte da memória que trata de não olvidar nada. É pela intensidade da dor que a memória trata de esquecer. Lembrava-se de não se lembrar. A dura viagem do esquecimento amoroso tinha sido inaugurada e não havia chance de retorno. Invariavelmente são estradas bifurcadas, sinuosas, com mato que cresce à sua volta, buracos sem borda, cascalhos e areia, sempre ela, a cobrir a pista e a não deixar pegadas. Sempre é outro ponto que se encontra e que provoca estranheza no afeto quando se volta na mesma estrada à procura de rastros que de tão apagados fazem doer aos olhos por tentar entendê-los. Sempre são outras margens, outras súbitas e vagas recordações: fragmentos, restos inúteis e extemporâneos de uma viagem inacabada.

Ficou tensa ao lembrar que se esquecera do pai. Não sabia por quanto tempo havia sido o lapso de memória nem dizer a si mesma por quanto tempo estivera ausente: um dia, uma hora ou uma fração de segundo?

Como poderia chamar isso: remorso? Alívio? Ah, Lívia! Ou culpa?

O que Lívia teria feito nesse hiato? Profanado a memória viva do pai quase-morto? Um pai quase-nada, quase-muito, quase-um-resto? Um pai ainda intenso para a menina que queria guardar em seu coração apenas a lembrança de dias encantados. Mas o corpo dele já dava sinais que seu fim não demoraria. Já eram muitos anos votados ao sofrimento. Compunção, contrição do corpo que pede a Deus uma trégua por tanto desalento.

Lívia abriu lentamente os olhos para outro homem. Ela já era uma mulher. Ou quase. Quase toda, quase não toda. Era Pablo que a consumia em febres, em um sentimento tão forte que ainda não sabia o nome para isso. Como haveria de chamá-lo? O que se coloca no lugar de alguém insubstituível? Contaria a seu pai? Jamais. Pensou rapidamente antes que o impulso da verdade tomasse conta de sua vocação do amor filial. A dúvida da culpa chegara forte desinstalando pela segunda vez seu ser de um lugar que lhe era confortável. A primeira vez que se desalojou estava no ápice de entrar no céu. A um passo. Desta vez, gostaria de visitar sonhadoramente as nuvens para que seu coração encontrasse o aquecimento ao sol. Pablo irradiava uma luz que ela nunca havia visto. Pablo era solar. Ela, lunar. Assim poderiam adornar o céu de dourado e prateado: completá-lo como num quadro impressionista. Ah, o amor desassossega, mas ainda não sabia que o amor também poderia ter esse nome.

O pai de Pablo era peruano e a mãe holandesa. Dessa mistura transcontinental, nasceu um jovem de rara beleza exótica. Olhos negros e amendoados como os do pai, maçãs salientes no rosto como os peruanos, e cabelos louros cacheados e a pele clara como de sua mãe.

Estudavam na mesma escola. Ela estava cursando o primeiro ano do segundo grau, e ele, o segundo. Casualmente, se esbarraram na cantina. De início, ela não o reparou, mas, quando ele se abaixou para pegar o estojo de lápis e canetas que do encontro fez cair, seus olhares se cruzaram de maneira definitiva. Desde esse momento, soube que ele era quem procurava. Nunca soube muito sobre si a não ser pela vida dedicada ao pai ou pela estreita relação que passou a ter com a mãe. Agradeceu sem jeito jogando nervosamente os cabelos para trás. Fez isso duas vezes, apressadamente. Ele não disse uma palavra. Apenas sorriu com o canto dos lábios e seus olhos comprimiram-se de uma maneira que ela achou engraçado. Lembrou-me um oriental, Lívia disse a si mesma. Mas nada disse, só transpareceu: olhares, o rubor em sua face, a maneira indisfarçada (que seria uma característica tão sua) de jogar o cabelo para trás duas vezes repetidamente. Os olhos apressados, piscando fascinada como se tivesse visto pela primeira vez uma abelha a se enamorar por um canteiro de flores. Seria ele a terra fértil que substituiria a incômoda e desértica areia? Ajeitou nervosa o sutiã. Lívia havia crescido mais do que previra. Estava linda. Todos notavam menos ela. Bem, até esse dia. Até esse dia.

Ao chegar à casa, fez o que de costume sempre fazia havia anos. Deixou a mochila em seu quarto e foi logo ver seu pai. Karin estava na cozinha. Ela ficou a sós com ele. Num lapso de instante em que ia segurar a mão dele, viu que mexera um dos dedos. Deu um grito curto e jogou nervosamente o enorme cabelo para trás duas vezes. Paizinho? O senhor mexeu as mãos? Pai? Fala comigo? Você me ouve? Pai? Segurou sofregamente a mão esquerda que ela vira se mexer. Beijou-a delicadamente enquanto seus olhos enchiam-se de lágrimas não sem certo temor e tremor. Por que depois de tantos anos esperando que um movimento acontecesse ela temeria? Não deveria haver só felicidade? É que muitas vezes a felicidade se esconde por detrás do medo. Quando se vence um, a outra aparece. Mas, se o medo inaugura os dias, as noites serão de pesadelos. Dedo por dedo os beijou e, depois, toda a mão. Ficou acariciando com delicadeza e olhando absorta esperando que o movimento se repetisse. Mas não houve resposta.

Boa-tarde, Lívia. Reconheceu a voz germano-recifense de Karin. Você não vai acreditar, Karin. E, antes que ela pudesse perguntar, Lívia foi logo contando a novidade. Querida, eu estou com ele há algum tempo e nunca vi nada disso acontecer. Você tem certeza? Pois eu estou com ele desde que nasci. Lívia estava furiosa com a desconfiança da enfermeira. Como assim? Como você quer saber mais do meu pai do que eu? Como você ousa saber e duvidar da minha palavra? Lívia estava descontrolada e aos berros quando Katarina chegou.

Mas o que está acontecendo? Aos prantos, como se desabasse pela chegada inesperada da mãe, Lívia contou o que sucedera. Eu vi, mãe. Eu juro que vi o papai mexendo um dos dedos. Eu vi. Eu não sou louca. Karin não quer acreditar em mim, mas eu vi. Katarina aproximou-se do marido sem dizer uma única palavra e, sem o saber, repetiu os mesmos gestos de ternura da filha. Ou teria sido ela que ao longo dos anos vira o amor e a dedicação de sua mãe ao pai e repetira o gesto de beijar-lhe as mãos? Santiago olhou dentro dos olhos de Katarina como se quisesse dizer algo. Ela, sem saber bem o porquê, ficou esperando que ele lhe dissesse alguma coisa. Quantas e tantas vezes ela quis ouvir novamente Santiago a chamar pelo nome. Disse isso em voz alta e Lívia repetiu: ele nunca mais me chamou de bolinha de sabão. Oh, meu amorzinho! Katarina abraçou Lívia com ternura, e mãe e filha deixaram-se desabar como há muito não faziam.

Nesta noite, as duas dormiram abraçadas, uma querendo suprir o vazio da outra. Mas nunca é o mesmo vazio. O vazio de uma mulher, suas reentrâncias e sinuosidades, não é o mesmo vazio da saudade de uma filha. O céu as havia abandonado. E faltava tão pouco para a menina entrar nele. Só uma casa. Agora, na casa havia um silêncio que perturbava. E o movimento do dedo do pai veio trazer um barulho para dentro de Lívia. Um rumor estranho e inquietante que ela nunca tinha escutado.

E o mais impressionante é que, no dia seguinte, ela voltou a dizer que vira não só o dedo, mas a mão toda do pai se mexer. A cena se repetiu, mas desta vez os olhos de Lívia pareciam transtornados na certeza do evento.

Embora Karin continuasse afirmando que pelo estado dele isto era impossível, Katarina ligou para o neurologista e pediu que ele viesse à sua casa. Não havia mudanças no quadro, mas diante da insistência de Lívia ele pediu uma ressonância magnética. Feito o difícil translado até a clínica de ressonância, o resultado foi o esperado. Nenhum sinal de mudança no quadro. O pai continuava imóvel como no primeiro dia do acidente vascular cerebral.

Lívia começou a demonstrar sinais de irritação e a chorar imotivadamente. Sua mãe a pegou algumas vezes andando pela casa de noite. O que está acontecendo, minha filha? Nada. Estou só sem sono. Mas isto não é normal. Apesar de tudo o que aconteceu, você sempre teve um sono regular. Está acontecendo alguma coisa diferente na sua vida? Algo que eu possa ajudar? Você quer me contar? Quer conversar comigo? Vem, vamos conversar. Lívia estava nervosa, mas não sabia dizer o que era. Sabia que tinha uma angústia no peito, uma falta de ar, um sufocamento no pescoço. Um bolo. Tenho alguma coisa que não me permite respirar. Não consigo nem engolir.

Katarina conversou com Joaquim. Um amigo que nos últimos anos tinha estado cada vez mais próximo. Joaquim tinha 48 anos, era professor de história na Universidade Federal Fluminense e estava separado havia quatro anos. Tinha três filhos: Júlia, Maria Eduarda e Pablo. Há algum tempo, Lívia tinha ido ao Plaza Shopping com umas amigas e viu sua mãe e Joaquim conversando num café. Fez questão de ir ao encontro dela para saber quem era aquele homem. Katarina ficou sem graça, e óbvio que Lívia percebeu. Ao voltarem para casa, pediu que sua mãe contasse melhor de que amigo se tratava. Esta cena a incomodou demais, mas sua mãe jurou ser apenas um amigo com quem conversava algumas vezes, por se sentir sozinha. E disse que ele era separado. Mas você não é, sentenciou Lívia na ocasião. Katarina evitou dar mais detalhes. Tinha preocupação com a filha, mas a solidão de não ter um homem com quem partilhar a vida a estava deixando amargurada, e Joaquim demonstrava um enorme carinho e cuidado com ela.

Joaquim disse que, desde a separação, sua filha Maria Eduarda fazia análise e sugeriu que Lívia buscasse também uma ajuda. Eu sempre pensei que isto fosse necessário, mas minha filha sempre lidou com tanta garra e determinação cuidando do pai que achei que ela superaria qualquer coisa que viesse pela frente. Hoje, vejo que eu estava enganada. Na verdade, creio que aquilo era uma capa para esconder sua enorme fragilidade. Ela tinha que ser forte por ela, por mim e pelo pai. Eu fracassei na educação dela. Agora, não adianta ficar se culpando, Kat. Se você quiser, te dou agora mesmo o nome do analista de minha filha. Ela está gostando muito e vejo que está mais leve.

Desde esse dia em que viu a mãe com Joaquim teve duas certezas: a primeira é que sua mãe estava gostando daquele homem. A segunda é de que não escreveria mais histórias para o pai. Não sabia bem o motivo. A verdade é que as histórias foram escasseando, mas vez por outra Lívia escrevia ou contava uma antiga. Ela nunca quis ler histórias de algum autor. Eram sempre as suas próprias que ela dizia que ele entenderia melhor. Certa vez, leu uma única poesia de Mario Quintana que a Bia, uma grande amiga do colégio, havia lhe dado.

As mãos do meu pai

As tuas mãos têm grossas veias como cordas azuis
sobre um fundo de manchas já cor de terra
— como são belas as tuas mãos —
pelo quanto lidaram, acariciaram ou fremiram
na nobre cólera dos justos...

Porque há nas tuas mãos, meu velho pai,
essa beleza que se chama simplesmente vida.
E, ao entardecer, quando elas repousam
nos braços da sua cadeira predileta,
uma luz parece vir de dentro delas...

Virá dessa chama que pouco a pouco, longamente,
vieste alimentando na terrível solidão do mundo,

como quem junta uns gravetos e tenta acendê-los contra
[o vento?
Ah, como os fizeste arder, fulgir,
com o milagre das tuas mãos.

E é, ainda, a vida
que transfigura das tuas mãos nodosas...
essa chama de vida — que transcende a própria vida...
e que os anjos, um dia, chamarão de alma...

    Foi a única poesia que Lívia leu para seu pai. E foi só quando leu em voz alta é que percebeu do que se tratava. E chorou tanto, aos soluços, que saiu correndo do quarto do pai e se jogou na cama. Encolheu as pernas e ficou ali como num casulo de si mesma. Chegou a ficar com raiva da Bia, mas sua mãe lhe mostrou a intenção de amor da amiga. Não jogou a poesia fora, mas nunca mais voltou a lê-la.
    Diante da inquietude da filha, Katarina disse que ela precisava ir a um analista. Katarina ligou para Luis Paulo Bento e marcou uma entrevista. Vou com ela? Você é quem sabe. Decidiu ir sozinha porque tinha coisas suas para contar também. E relatou o drama familiar: o barulho oco ("que não me sai da cabeça") do som de seu marido caindo por detrás dela na cozinha, seu horror diante da cena, sua angustiante vacilação em saber se chamava Lívia ou não ("ela era tão pequenina"), o inferno pela filha não ter entrado no "céu" em sua Amarelinha ("nunca mais vou

esquecer sua cara de sofrimento e seu choro gritando para o pai acordar"), a dedicação cotidiana desta e o tormento que atualmente vinha sofrendo. Relatou o episódio da areia que avançava quarto adentro e agora o estranho acontecimento sobre sua filha dizer ter visto a mão do pai se mexer e a crise nervosa em que ela entrou por conta disso. Fizemos todos os exames neurológicos, pois acreditamos que poderia ser verdade e por um milagre ele pudesse estar retornando à vida. Mas nada se confirmou. Ele permanecia imóvel. E falou chorando, com tamanho sofrimento, que Luis Paulo acabou por lhe indicar uma colega analista. Por certo que as duas, mãe e filha, tinham bastante para falar num processo que prenunciava uma enorme catarse e crises de uma saudade que parecia hemorragia que não estancava. Muitos anos de silêncio e dedicação quase monástica. Katarina, até então vivendo numa espécie de claustro, entendeu que precisava também de análise, pois Joaquim era mais do que um amigo. Ela abriria a porta do claustro, mas necessitava de coragem para atravessá-la. Todos nós temos nossas repugnâncias que mais cedo ou mais tarde deveremos enfrentar. Talvez ela precisasse mastigar sua barata para sair, tentar sua travessia. Quanto a Lívia, esta talvez ainda precisasse saber o que era um claustro para vislumbrar uma porta de saída. Esta seria sua segunda ida a um analista. Na primeira, ela era muito menina e achou que não precisava de tratamento.

18

— Boa-tarde! – Luis Paulo Bento foi extremamente cordial com Lívia. Do outro lado, surgiu um sorriso nervoso e tímido. Olhos cabisbaixos, jogou nervosamente o cabelo para trás duas vezes. – Em que posso ajudá-la?

– Não pode. Não pode duplamente – disse, seca como um traço de carvão que risca a brita.

Luis Paulo Bento percebeu a aparente dificuldade que teria. Sabia que aquelas palavras eram como uma fina casca de um machucado de joelho prestes a se soltar e voltar a sangrar. Lívia se ajeitou envergonhada na cadeira defronte ao psicanalista. Ele com a voz suave a grave que tinha insistiu:

– Por que duplamente? Por que não posso te ajudar e ainda mais duplamente?

– Posso explicar. Mas não sei por onde começar...

– Embora não exista uma única maneira, em geral, a melhor forma de se iniciar uma análise é pelo início. O início de tudo pode te levar a compreender...

Não o deixou terminar a frase.

– Já sei o que você vai dizer. Não se trata de compreender. Trata-se de sentir. E você nunca vai sentir o que eu sinto.

– Com certeza não.

Pela primeira vez, ela levantou a cabeça e arriscou mirar o rosto de Luis Paulo Bento. Ele tinha os olhos ternos e com a profunda sabedoria de um homem de cinquenta anos, experiente em sua profissão. Ela recostou-se na cadeira. Colocou os pés para cima sob os joelhos dobrados e deu um leve sorriso. Pousou as duas mãos em concha sobre seu colo. Procurava uma posição para se aconchegar.

O início é sempre difícil e doloroso. Ele sabia. Ela estava começando a saber sem perceber. Seus olhos encheram d'água. Luis Paulo Bento não tirou sua atenção dela. Sabia que era um momento delicado na vida de uma jovem que se encontra sozinha na sala com um homem que bem poderia ser seu pai. Ele já tinha escutado a história de Katarina e pensou por onde a transferência poderia surgir. Mas não disse nada. E, de mais a mais, ela poderia nunca mais voltar daquele primeiro encontro. A primeira entrevista não é garantia de retorno à segunda. Nem a segunda e assim por diante durante toda a análise. O que garante o retorno é o desejo do analisante. O analista é quem cuida, mas é o analisante que precisa ter o desejo de prosseguir, tal como uma espécie de não desistência covarde diante da vida. Insistência daquilo que não cessa de não se inscrever. Muitos não conseguem. Ele sabia. Mas alguns atravessam suas portas. Estava apostando (é preciso apostar sempre nisso) que ela não recuaria diante dos impasses da sua vida.

O silêncio do analista cedeu gentilmente o lugar às palavras de Lívia.

— Você pode me ajudar?

A afirmativa havia se transformado numa pergunta-pedido-de-ajuda.

— Eu quero ser freira.

Aquela frase o pegou totalmente desprevenido. Mas quando é que se sabe o que o paciente vai dizer? Se o analista soubesse, toda análise seria uma monotonia e um tédio insuportáveis. Acreditava, porém, que uma frase nunca diz tudo o que gostaria e muitas vezes é provocação para saber a reação de quem escuta ou está escondendo outra coisa por detrás da afirmação.

— Por que você quer ser freira?

— Porque a vida do jeito que está é insuportável.

— E o que há de insuportável na sua vida?

— Ora, meu pai morto...

— Morto?

— Desculpe, eu não quis dizer isso. Ele está vivo, mas não é mais o mesmo.

— E você por causa disso quer se recolher num convento? Quer deixar de ser também você mesma?

— E não posso?

— Seu pai quis ficar assim?
— Náoooo. — Sua voz foi afinando desalinhada. — Eu não quero pecar.
— O que é o pecado?
— Não sei dizer.

Ele não esperava que ela soubesse ou dissesse, mas há perguntas que devem ser feitas no calor dos acontecimentos. Um salto do leão sobre a presa — assim ele havia lido em Freud.

— Eu não quero errar.
— Existe o querer não errar e o não querer errar.
— Não é a mesma coisa? Não, não claro que não. Eu quero não errar, mas não consigo saber antes de fazer.
— Nem tudo a gente sabe antes. É fazendo que a experiência acontece.
— E se a gente sofrer?
— Do que você tem medo?
— De viver. Tenho medo de mim mesma. De não ser mais eu. De ser outra ou de estar sendo outra...
— Para o seu pai?
— Não sou mais uma menina.
— Isto é bom ou ruim?
— Ainda não sei, mas tenho medo.

A vida apavorava Lívia, pois para crescer deveria deixar de ser a menininha de seu pai. Sua bolinha de sabão. Já não mais inventava histórias para ele e sentia certa monotonia em ficar no quarto do pai que muitas vezes exalava o cheiro da morte.

— Tenho medo de não entrar no céu. Pecado para mim é isto. Não entrar no céu.

— Qual céu?

Lívia imediatamente se lembrou do céu impenetrável do jogo da Amarelinha. Não ter entrado no céu fora o inferno ou o amor que não se desfizera?

— Eu não acredito em Deus.

— E como então você quer ser freira?

Tinham se passado alguns meses desde que Lívia iniciara sua análise. O tema da morte, do morrer, da vida sempre ameaçada por um fio, esta "extrema fragilidade de viver", como gostava de dizer, eram os temas recorrentes no divã de Luis Paulo Bento.

— Se Deus existisse, não teria feito isto com meu pai nem comigo e minha mãe. Deus nos abandonou quando meu pai caiu no chão. Deus não quis que eu entrasse no céu.

— Não era hora.

— O problema é este — disse exaltada. — Nunca é a hora. Nunca é a nossa hora. Muito menos a do meu pai. Este não morrer do meu pai é o enterro mais longo que já vi. Todos os dias, parece que nós enterramos o nosso pai.

— Todos os dias, enterra-se um pouco do pai.

— Não entendi. Eu estou falando de verdade. Todos os dias, e de algum tempo para cá, meu pai vem piorando. Já teve muitas complicações. O médico acha que a gente deve se preparar para seu fim. Ele teve uma parada cardiorrespiratória. Se a Karin não estivesse por perto e chamasse a ambulância, teria sido o seu fim. Além de uma pneumonia que vai e volta com uma tosse asmática. Meu pai era um homem saudável, alegre e brincalhão. Meu paizinho está saindo de dentro de mim. E eu não queria. Será que é esta merda de análise que está roubando o meu pai de mim?

Sua raiva era explícita. Levantou-se do divã, encarou o analista e deixou-se cair extenuada de novo no divã. Chorou copiosamente.

– Eu não queria que meu pai morresse. Eu sei que você não tem culpa e tem me ajudado a entender tudo isso. Mas será que algum dia vou deixar de sentir saudade do meu pai?

– Você quer isto?

– Não. É claro que não. Não quero me esquecer dele. Aliás, não suporto vê-lo assim. É bem confuso pensar que não quero mais vê-lo assim. É como se desejasse a sua morte. Disso, eu gostaria de me livrar. Por isso, esta ideia maluca de ir para um convento. Me isolar de tudo e de todos. Nunca mais ter a visão, quer dizer, hoje entendo; o desejo de ver o meu pai se mexendo.

– Esta liberdade que você deseja não está num convento.

– Convento... Engraçado, mas acho que nunca tinha escutado essa palavra como agora, depois que você a disse. Com-vento. Você entende? Com o vento. Então, que os ventos me levem para bem longe de tudo isso. Que um furacão, um tornado, sei lá, passe por mim e me arranque de tudo que me prende na vida.

— E o que é que te prende?

— Meu pai.

As sessões eram intensas e Lívia era uma analisanda que não tinha medo de encarar suas verdades. Ela se dispunha a trabalhar avidamente para transpor suas barreiras e abrir suas portas. Atravessá-las.

— No primeiro dia em que cheguei aqui, eu te disse que você não poderia me ajudar duplamente.

— Sim, eu lembro perfeitamente. Continue.

Lívia, suspirando, parecia estar tomando fôlego para contar algo tremendamente secreto. Algo que talvez ela nem soubesse como dizer.

— Você se lembra do episódio em que eu vi a mão do meu pai se mexer? Quer dizer, eu imaginei ter visto. Agora, eu sei.

E, antes que Luis Paulo Bento pudesse responder, ela emendou.

— Pois foi naquele dia que eu conheci um menino na escola. Era o Pablo. Eu deixei cair meu estojo de canetas, e nós ao mesmo tempo nos abaixamos para pegar. Foi aí que nossos olhares se cruzaram. E o que senti dentro de mim foi algo inédito. Uma paixão, hoje eu posso dizer. Eu nunca mais o esqueci. Fiquei atordoada com o sorriso que ele tinha nos olhos e seu jeito de me olhar. E não consegui mais parar de pensar nele. Eu me senti traindo o meu pai.

— Foi daí que quando você chegou em casa e foi pegar na mão do seu pai a viu se mexer?

— Isto mesmo. Era como se ele impedisse que eu segurasse na mão de outro homem.

— Mas ele não é seu namorado!

Fim da sessão.

Comumente em análise, já que toda análise é a análise de uma vida, o silêncio está rodeado de palavras. E, nesses momentos de silêncio e escuta analítica, o sujeito em questão está atordoado pelo enxame de pensamentos que lhe acometem. E Lívia pensou muito naquela posição de princesinha do papai. E pensou também que esse era seu pecado: amara a dois homens ao mesmo tempo. E tudo que ela pensava ficava horrorizada, se arrepiava e, se estivesse em sua cama pronta para dormir, encolhia-se em posição fetal como já antes fizera, abraçando os próprios joelhos como se quisesse pedir perdão por algo que nem cometera. Mas assim é a neurose infantil diante do luto. Luta-se contra algo que se idealiza quando, na verdade, o outro nem sabe daquilo que lhe acomete. E a culpa que lhe acometeu naqueles dias fez com que ela menstruasse duas vezes no mesmo mês. Era a hemorragia do sangue estagnado que num fluxo verborrágico também saía. Ela encontrava suas portas e era penoso, mas coragem não lhe faltava para atravessá-las.

19

Aos 17 anos, época do vestibular, Lívia já tinha ficado com alguns meninos, mas não pensava em namoro. Aliás, detestava a ideia de um relacionamento mais sério. Talvez por isso evitasse Pablo. No ano em que se conheceram, ele tinha tentado ficar com nela, mas ela fingiu não o conhecer. Suas amigas que sabiam que ela gostava dele não entendiam como podia dispensar um menino tão gente boa, bonito e que faria tudo para ficar com ela. "Olha, Lívia, a gente vai a festas e o vê por lá. E ele não é nada galinha. Por que você não dá uma chance a ele e a você também?" Mas ela mantinha-se fiel...

Ele já estava cursando ciências sociais na UFF e ela iria tentar o vestibular para psicologia. As escolhas vocacionais nem sempre são aleatórias. Não são poucos os seminaristas que foram abusados quando crianças ou noviças molestadas na infância. Muito menos o pensamento obsessivo, racionalista e cheio de defesas leva o sujeito a querer as ciências exatas para que não haja um erro de cálculo na vida deste. A psicologia vinha ao encontro da não compreensão do seu sofrimento com a doença do pai. Por que se deve sofrer assim? Não há limite para a alma humana? Qual é o peso da existência? Por que ser era tão devastador e a felicidade uma chama longínqua num dia frio de inverno? Existir era tão penoso que chegava a ser indecente?

Foi num encontro casual que eles realmente se aproximaram. Joaquim, depois de muita insistência, e, pela primeira vez, havia levado Katarina e Lívia para uma trilha no Parque Nacional da Serra dos Órgãos, em Teresópolis. A família de Pablo tinha casa na serra. Foi no meio da trilha que se encontraram. Lívia havia começado a subir pelo enviesado e difícil caminho quando logo a sua frente viu Pablo. Não se sabe bem o porquê que essas coisas acontecem, mas o fato é que acontecem. Então ele olhou para trás e seus grandes olhos se iluminaram. Ela perdeu um pouco o equilíbrio ao passar por cima de um tronco de árvore. Ele se voltou para ajudá-la. Era a segunda vez que isso acontecia. A primeira havia sido na cantina do colégio. Dessa vez, ela se deixou segurar pelo braço.

Oi, Pablo. Oi, Lívia. Vocês se conhecem? Mãe, este é o Pablo. Ele estudou na minha escola. Pablo, este é o Joaquim, amigo da minha mãe. Mas que ótima coincidência vocês se encontrarem, disse Katarina após as apresentações. Já há algum tempo Katarina estava preocupada com a filha que não se permitia namorar. Ela via todas as suas amigas namorando e levando os meninos para sua casa, mas Lívia não apresentava ninguém. E, como coração de mãe não se engana, Katarina percebeu o olhar dos dois e a maneira como a filha dissera o nome "Pablo", com suavidade e encantamento, igual a comer morangos com creme. Pablo, que conhecia bem a trilha, foi na frente e a cada dificuldade encontrada no caminho dava a mão e ajudava Lívia a subir. Ela não se furtava à ajuda e sorria quando suas mãos se uniam. Seus olhos brilhavam por entre as árvores e a beleza estonteante do lugar. Quando chegaram ao final da exaustiva trilha, veio a recompensa: estavam bem no alto diante do Dedo de Deus, do Escalavrado, da Pedra Cabeça de Peixe na Serra dos Órgãos e a magnífica vista de onde podiam ver o fundo da Baía de Guanabara. O dia estava perfeito em sua luminosidade de outono. O céu azul-turquesa, a mata atlântica ainda nativa de um verde estonteante com as bromélias pelo meio do caminho, a brisa fresca e os dois, corpos unidos, mãos levemente se tocando e olhando para o horizonte. Olhavam na mesma direção em que suas vidas permitiam.

    Vamos descer? Mãe, posso ficar um pouco mais? Daqui a pouco eu e o Pablo descemos. Ok, filha. A gente espera vocês lá embaixo. Katarina deu um sorriso feliz para Lívia enquanto Joaquim observava a poucos passos o encantamento daquele acontecimento.

    Lívia se deu conta de que nunca havia beijado ninguém. Nunca se entregara com tal sofreguidão e calor como naquele momento idílico. Seu interior produzia frêmitos como se fosse um jato de água quente, um gêiser brotando das entranhas do seu corpo. Suas mãos penetravam por debaixo dos cabelos de Pablo e este a acolhia com tamanha alegria que só quando precisaram respirar é que arrefeciam, rindo da própria situação. É preciso haver um mínimo de separação para que os amantes se vejam. Eles se viram em suas fragilidades e tremores e olharam também na direção da esperança realizada do encontro. Ali se dissipavam alguns temores. Da parte dele, por achar que jamais a conquistaria. Da parte dela, por sentir que não se permitiria trair seu pai com outro homem. Naquele momento, ela sentiu que isso era uma grande bobagem e que nunca deixaria de ser filha de seu pai e que este teria sempre em seu coração um amor todo especial. Único, mas filial. Ela estava se tornando mulher.

20

Lívia chegou por detrás de Katarina, abraçou-a com ternura em volta da cintura, aconchegou sua cabeça na nuca da mãe e disse: existem milhares de maneiras de entrar no céu. Katarina parou espantada na porta da cozinha. Não acreditava que após tantos anos ela estivesse ouvindo aquela frase que havia ficado interrompida no sofrimento. Deu um beijo apertado no rosto materno, suspirou e como se fosse num grande esforço, mas com a coragem de ser, afirmou imperiosa: eu vou? Katarina sabia. Sabia onde sua filha deveria ir. Saiu de frente da porta sem dizer uma única palavra. Apenas fez um afago no cabelo da filha. Desses afagos que a mãe faz consentindo e assentindo. Os olhos das duas encheram-se de lágrimas, mas era uma tristeza feliz.

Lívia foi até o quintal, pegou um graveto e após tantos anos desenhou na terra a Amarelinha. Emocionada, Katarina olhava a filha da porta. Já não era mais uma menina que havia espetado o pé numa estrela. Era uma moça, uma mulher que sabia o que precisava ser feito. Sabia e assim o desejou. Sabia e assim o fez. Fez em seu desejo maior em ser. Pegou uma pedra e jogou casa por casa. Quando chegou na casa nove olhou para a mãe. Os olhares se cruzaram emocionados. Katarina fez um sinal afirmativo com a cabeça. Lívia jogou a pedra no céu e a buscou. Entrei no céu. Katarina correu em direção à filha e as duas, abraçadas, se deixaram cair por terra. Quando o céu encosta na terra, o inferno desaparece.

Ficaram assim abraçadas até se darem conta que já era noite. No dia seguinte, Santiago foi internado em coma. Seu estado se agravara. Ele teria gostado de me ver entrando no céu. Nós sabemos que sim, filha. No hospital, as notícias não eram boas. A saúde de Santiago complicava a cada hora. Mãe e filha esperavam angustiadas, no corredor. Quando Pablo chegou, ficou abraçado com Lívia. Joaquim enviou uma mensagem para Katarina dando-lhe força. Depois, Pablo sentou no meio das duas e as abraçou acolhendo-as em sua dor. O fim estava próximo. Os médicos não tinham mais esperanças. O estado de saúde havia se complicado por causa de uma pneumonia que não regredia e de uma consequente insuficiência respiratória. Os pulmões não oxigenavam e seu rim havia parado de funcionar. Estava fazendo diálise peritoneal. E o temor de uma infecção generalizada se confirmara. Às quatro horas da tarde, mãe e filha entraram no CTI, de mãos dadas e corações apertados. Sabiam que aquela poderia ser a última vez que o estariam vendo com vida. Aquilo era a vida?

Pai? Paizinho? Você me ouve? Sou eu, sua bolinha de sabão, ela disse baixinho no ouvido do pai enquanto fazia carinho em seus cabelos. Pai, serei sempre sua princesinha e você será sempre o melhor pai do mundo. Eu te amo. Nós te amamos, disse Katarina. Cada uma de um lado da cama. O momento da visita terminara. Deram-lhe ambas um beijo na testa. E saíram como entraram. Sozinhas, de mãos dadas e os corações apertados.

Joaquim buscou Katarina e juntos deixaram Lívia e Pablo em casa. Lívia caiu extenuada na cama. Chorava como quem sabe que algumas vezes da dor não se escapa. Pablo sentou-se ao seu lado e fazia carinho nos longos cabelos caídos sobre o rosto. Eu preciso de um colo, pai... Desculpe, Pablo. Não precisa pedir desculpas. Hoje, eu posso ser quem você quiser. Eu só quero que você seja você mesmo e fique comigo nesta noite. E mal terminara a frase, Lívia o beijou com sofreguidão. E se entregaram com tal paixão e desejo como se o mundo fosse terminar naquele instante. E quando ela viu estavam sem roupa no calor do desejo. Pablo viu o corpo lindo de Lívia. E Lívia mirou dentro dos olhos de Pablo e falou: me faz sua mulher! Somente sua! Você é minha. Minha mulher! Te quero muito. Eu também te amo tanto, tanto meu Pablito, meu homem querido. E fizeram amor como se fossem um só corpo. Lívia perdeu a virgindade com o homem que amava. Perdeu para ganhar.

Nessa mesma noite, Santiago morreu.

Às três horas da manhã, o telefone da casa tocou e as duas, mãe e filha, correram para atender. Encontraram-se no meio do corredor. É papai? É sim, filha. Seu pai descansou. Eu não aguentava mais vê-lo sofrer. Nem eu, mamãe. Nem eu. Lívia foi para fora da casa, no terreno, e sentou sobre os traços da Amarelinha desenhada no chão. Colocou uma pedra sobre o céu. Este é o meu pai. Ele agora está aqui. Então ele estará em todo lugar. Para onde eu for, sempre haverá céu. É você, e não eu, que é agora uma estrelinha. Lívia riu triste de sua afirmação. Você é uma estrela aí e eu serei uma aqui. Te prometo. Beijou a pedra fria como se fosse o corpo de seu pai. Fez um rito de passagem. Travessia, como se diz.

21

Katarina morava com Joaquim e seus três filhos havia cerca de oito anos. A vida se harmonizara como havia muito não acontecia. Enquanto Pablo era professor de ciências políticas na UFF, Lívia fazia formação em psicanálise e atendia em consultório. Tinha optado inicialmente por atender crianças. Além disso, começava a escrever seu primeiro romance que se chamaria *O céu da Amarelinha*. Contaria sua história inventada na ficção de uma realidade possível: a delicada relação de amor de uma menina com seu pai. Queria ser psicanalista e escritora.

Num sábado à tarde, Katarina e Joaquim foram à casa de Lívia visitá-la. Chegaram justamente no momento em que Bia gritou para sua mãe: Olha, mamãe, papai está me ensinando a brincar de Amarelinha! Lívia olhou enternecida para Pablo que se revelava um pai dedicado como o seu havia sido. A história da Amarelinha seria uma herança cultural e afetiva em sua vida e em sua genealogia. Bia, aos cinco anos, era uma criança feliz com seus pais. Katarina olhou para a filha e a neta que corria para abraçá-la, jogando-se em seu colo. Lívia abraçou as duas. Pablo abraçou as três, e Joaquim abraçou sua família.

Impressão e Acabamento:
GRÁFICA STAMPPA LTDA.
Rua João Santana, 44 - Ramos - RJ